Jens Korbus

Dein Herz hält alles aus

Bibliografische Information der Deutschen Nationalbibliothek: Die Deutsche Nationalbibliothek verzeichnet diese Publikation in der Deutschen Nationalbibliografie; detaillierte bibliografische Daten sind im Internet über http://dnb.dnb.de abrufbar.

© 2016 Jens Korbus, 56072 Koblenz

Covergemälde: Hanns Lansch „Junge Frau"
Cover und Layout: Manuela Wirtz, www.manuwirtz.de

Herstellung und Verlag: BoD – Books on Demand, Norderstedt

ISBN: 9783837041163

Jens Korbus

Dein *Herz* hält alles aus

Erzählung

KAPITEL 1

Gestern Nacht träumte ich, ich sei wieder in der Landwirtschaftlichen Hauptgenossenschaft von Raiffeisen am Rande von Margendorf, einem Vorort von Alt-Muhl! In der LHG war die Dienstwohnung meines Vaters. Ich stehe mit meinem Freund Werner Klimm auf dem Dach des hohen, vielflügligen, weißen Gebäudes mit den zwei gekreuzten Pferdeköpfen. Wir müssen mit unseren Koffern herunterspringen. Klimm springt als Erster. Ich traue mich nicht. Danach suche ich Fotos, viele große, bunte Abzüge, die ich mit meiner russischen Sotschi-Kamera, die aber ein integriertes Blitzlicht hat, gemacht habe. Dann gebe ich meinen Schülern in einem großen Saal Boxunterricht. Ich übe in Linksauslage Gerade zu schlagen. Ich erkläre ihnen, wie gut sie sich damit verteidigen können. Später zeige ich ihnen ein Video mit dem Kampf von Bubi Scholz, der noch ganz jung ist und wie James Dean aussieht. Der Traum enthielt alle meine Lebensmotive. Die LHG, die Fotografie, die Angst, den Kampf. Seit wir in der LHG eingezogen sind, ich war damals zehn Jahre alt, habe ich diesen riesigen Gebäudekomplex nicht mehr vergessen. Ich habe in meinem Leben viele Landschaften kennengelernt: Das hügelige Sachsen, und das Rheinland, zuerst fünf Jahre in der Margendorfer Straße, dann endlich in der LHG. Später habe ich dort sogar ein paar Tage gezeltet, nachdem das ganze Gebäude abgerissen und die DPD noch nicht da war. Nur um die Magie dieses Ortes noch einmal zu spüren.

* * *

Heute weiß ich, dass ich nie wieder nach Margendorf und nach Alt-Muhl zurück kann. Ich lebe mit meiner Frau in Düsseldorf, hundertdreißig Kilometer von Alt-Muhl entfernt. Mit meiner Frau, heißt ohne meine Frau, denn die ist in einem Sanatorium am Stadtrand, wo man ihr den Alkohol auszureden versucht. Zu entgiften und abzugewöhnen. Doktor Scheerbarth ist ein schlanker, weißhaariger Mann, und wenn man nicht seine scharfsinnigen Sätze hörte, würde man ihn für einen pensionierten Beamten halten. Jeden Tag fahre ich für zwei Stunden zu meiner Frau ins Sanatorium, Klinik hört sie nicht gern. Jetzt sitze ich auf der Terrasse unseres Fünfzimmerappartements. Wolken ziehen am Horizont auf, und der Traum der vergangenen Nacht ist wieder verflogen. Ich bin seit vielen Jahren hundertdreißig Kilometer weit weg von Alt-Muhl und fühle mich wie in einem fremden Land. Ich, das heißt wir, könnten wieder zurück. Aber die Vergangenheit ist immer noch zu nah. Das Leben, das ich dort als Studienrat geführt habe, würde wieder aufgerührt. Und doch will ich es wieder aufrühren. Doktor Scheerbarth hat gesagt, das sei gut für mich und letztendlich auch für meine Frau. Aber bei meinen Erinnerungen breitet sich das Gefühl von Furcht und Unruhe bei mir aus, das leicht ausarten kann. – Ich unterscheide mich sehr von dem Mann, der vor Jahren in Alt-Muhl an einem Gymnasium Deutsch und Philosophie zu unterrichten begann. Von dem jungen, hoffnungsfrohen und etwas gehemmten Mann, der erst spät gemerkt hatte, dass es ihm eigentlich bestimmt war, glücklich zu sein, ist nichts mehr da. Ein Mann mit einem jungen Gesicht, kurzgeschnittenem Haar, als hätte es die Studentenbewegung nie gegeben. Damals in Jackett und Krawatte, heute in Jeans und Lederjacke.

* * *

Düsseldorf ist teuer und vornehm. Und als es meiner Frau noch gutging, sind wir oft auf die Kö einkaufen gegangen. Die teuren Sachen konnten wir uns leisten – meine Frau hatte die Fünfzimmerwohnung in Bilk geerbt – wir machten viel Window-Shopping, und wenn wir etwas besonders Schönes im Schaufenster gefunden hatten, machten wir uns einen Spaß daraus, eine preiswerte Nachahmung davon bei C & A zu erstehen. Im Sommer haben wir oft in einem Straßencafé gesessen und die teuren Schlitten vorbeifahren sehen. Die Klinik lag in Benrath, mitten in einen großen Garten gebettet, in dem die Patienten, denen man ihre Leiden zum Teil ansah, spazieren gingen. Alkoholsucht ist eine Krankheit, die sich auf allen Ebenen manifestiert, auf der körperlichen, auf der psychischen, auf der sozialen, auf der biochemischen. Ich hatte bisher nichts darüber gewusst und hatte jetzt nach Jahren manches gelernt. Meine Frau hat nie gelernt, über sich selbst zu sprechen. Sie ist selbst Ärztin und hatte mich nach einer Knieoperation im Krankenhaus kennengelernt. Sie hat noch ein paar Jahre in dem harten Beruf als Orthopädin gearbeitet, und nach dem Erbe waren wir hierher gezogen.

Doktor Scheerbarth machte auch Psychotherapie und meinte, es wäre gut, wenn ich auch mal ab und zu bei ihm vorbeischaute. Ich sei der personifizierte Co-Alkoholiker, der selbst nichts trank und am Abend die leeren Flaschen beiseite räumte. Wie konnte ich meiner Frau denn sonst helfen! Ein paar Traumata hatte ich natürlich, vor allem vom Studium her. Das Schlimmste war die Sache mit Christine Sahl und Schwingel. Auch ein paar andere Ereignisse aus meinem Leben habe ich Doktor Scheerbarth erzählt, so wie ich sie später hier einfügen werde. Christine Sahl hatte ich als Student im Ulrich-Haberland-Haus, wo ich damals wohnte, auf einem Hausball kennengelernt. Sie war mit Björn Nielsson da, beide Linguisten, sie eine auratische Persönlichkeit. Ich war mit Gabi Rühl gekommen. Christine kannte Gabi und hielt ihr von hinten die Augen zu, so lernte ich sie kennen. Ich besuchte sie drei Tage später in ihrer Wohnung in der Kaiserstraße, direkt neben den Bahngleisen. Wir gingen zusammen in den Earls Court und redeten bis nachts um eins. Sie sagte, wenn sie für sich keine Zukunft in der Wissenschaft sähe, würde sie sich umbringen. Von ihrer Schönheit, Intelligenz und ihrer Aura war ich ganz hingerissen. – Sie besuchte mich ein paar Mal im Ulrich-Haberland-Haus, es passierte nichts, ich war zu schüchtern. Aber ich will einige Abende mit ihr genauer darstellen, weil ich mich so gut daran erinnere.

Wir parkten meistens vor dem sechsstöckigen Hochhaus, dem Ulrich-Haberland-Haus und schlichen uns in den Aufzug. Ich sehe noch ihre schönen, dunkelbraunen Haare und ihren schlanken Körper auf meinem grünen Bettsofa. Aber ich tat nichts. Der weinrote Rock war hochgerutscht und ihr schwarzer Pulli hatte ein paar Fusseln. Wir tranken Jasmin-Tee von elf Uhr bis eins. Sie redete nicht gerne, blätterte in meinen Shakespeare-Sonetten, und ich spielte auf der Gitarre Barock-Musik. Wenn wir uns dennoch unterhielten, störte mich ihre Art Recht behalten zu wollen. Meistens ging es in dem Streit um Etymologien. Sie war ja Linguistin. Grasmücke kam von grâ und smigan. Der graue Vogel, der sich schmiegte. Wenn ich sie um ein Uhr nach Hause brachte, unterhielten wir uns noch bis drei im Auto unten vor ihrer Wohnung. Dabei missfiel mir ihre preziöse Art, die Dinge immer nach ihrem Gutdünken zu komplizieren oder zu vereinfachen. Sie hatte auch eine kalte, trockene Art über Gefühle zu sprechen. Ich traute mich einfach nicht an sie heran. Im Obstgeschäft hatte sie einmal in einer Art nach Äpfeln gefragt, dass mir kalt wurde. – Ich wusste, wie eine „Aussprache" verlaufen würde. Sie würde sich nichts vergeben, ich mir aber auch nicht. Es war überhaupt am besten, „Aussprachen" zu vermeiden. Zweimal sind wir tanzen gegangen.

Zwei Wochen später, wir waren schon fast auseinander, als sie mich mit Gerda Meinerzhagen vor der Mensa stehen sah, mich auf die Wange küsste und später sagte: „Du bist ein Dummkopf." Ich war mit ihr auf den Karnevalsball für die Künstler gegangen, und als ich sie nach Hause in die Kaiserstraße fuhr, fragte sie unten im Auto: „Willst du noch mit hochkommen?" Ich sagte nein. Hatte mich ein gütiges Schicksal vor ihr bewahren wollen? Was hat sie damals von mir gedacht? – Ich hatte noch mit keiner Frau geschlafen. Wenn es dazu gekommen wäre … Sie hätte sich von mir das Kleid aufknöpfen lassen, und all die großbrüstigen indischen Frauen, die als Poster bei ihr an der Wand hingen, hätten zugeschaut. – Diese Frau, mit der Aura, bot sich mir an. Ich war vierundzwanzig! Was Verhütung anging, hatte sie wahrscheinlich vorgesorgt. Björn Nielsson war sicherlich nicht so zimperlich gewesen. – Das wäre vielleicht eine Chance zum Heiraten gewesen! – Später sah ich, dass solche indischen Skulpturen, wie sie bei Christine an der Wand hingen, noch wesentlich weiter gingen!

KAPITEL 2

Christine hatte mich auf den Philosophieprofessor Schwingel aufmerksam gemacht, den sie regelmäßig hörte. Ein Seminar über die Zeit hatte ich schon bei ihm mitgemacht und eine Arbeit über die Zeit in Kants Kritik der reinen Vernunft geschrieben. Aus dem nächsten Seminar, Kierkegaards „Der Begriff Angst", ging ich nach zwei Sitzungen wieder heraus. Das Seminar war nur ein Vorwand gewesen. Die Leute gaben dort nur Angsterlebnisse preis, in jeder Sitzung. Und Schwingel fragte sofort: „Was ist dem Kollegen hier passiert?" Dann erläuterte er das Erzählte mit psychoanalytischen Deduktionen und Konstruktionen. Das sollte also Philosophie sein? – Ich weigerte mich, dabei mitzumachen und wollte das Ganze schnell wieder vergessen. Ich war gesund! Wenn jemand heideggerte, sagte Schwingel: „Der Kollege ist der Sprachmagie verfallen!" – Als ihm jemand widersprach, fuhr er auf: „Langweilen Sie mich doch nicht mit Ihren neuplatonischen Ergüssen! Gehen Sie doch zu jemand anders!" – Das war also die Wissenschaft! Zehn Jahre später bin ich mit einem jungen Mädchen, in das ich mich verliebt hatte, wieder in diese Vorlesung gegangen. Schwingel war immer noch da und hielt sie ganz wie früher. Er trug zwanzig Minuten vor und diskutierte dann mit den Zuhörern über das Vorgetragene. Es war so innovativ und mitreißend geworden, dass ich danach noch zwei Jahre lang zweimal wöchentlich nach Bonn fuhr, später ohne das junge Mädchen, das mein Interesse nicht hatte teilen wollen. Die Uni, das alte Schloss mitten in der Stadt, betrat ich gern. Ging vom Hofgarten, wo ich geparkt hatte, durch die Wandelhalle, wo der studentische Wahlkampf stattfand. Einstein schrie mit rotgefärbter Zunge von einem Plakat an der Wand: „No nukes, babe!" Dann hinauf in den Hörsaal sieben. Auf der Vorlesungsbank stand, mit dem Messer eingeritzt: „Ich wollt, ich wär bei Uschi, und nicht bei diesem Herrn. Bei ihm, da muss ich schlafen, bei ihr, da tät ichs gern!" Daneben: „Rüfner, du theologischer Dunkelschwätzer, cave philosophiam!" Die Atmosphäre dort, schrecklich geduckt, nur Schwingel ermunterte noch zum Widerspruch.

* * *

Heute ist Lissy von ihrem zweiten Klinikaufenthalt, der erste liegt Jahre zurück, nach Hause gekommen. Ich habe sie in meinem Passat abgeholt und auch kurz mit Doktor Scheerbarth gesprochen. Das Hauptgebäude in schöner klassizistischer Atmosphäre. Daneben ein gedrungener Anbau für die Patientenbetten. Der große Garten ist zum Verweilen angelegt, und es gibt einen Laden für das Notwendigste und zwei Patienten-Cafés. Das Imap hat Lissy geholfen. Aber Doktor Scheerbarth meinte, selbst ein Tropfen Alkohol genüge, um Lissy wieder rückfällig werden zu lassen. Das System, in das er seine Patienten und ehemalige Patienten einordnet, habe ich vergessen. Aber auch dieses System wird sich im Laufe der Jahrzehnte ändern. Soviel habe ich aus der Philosophie mitgenommen. Vielleicht ist Alkoholismus nur gesteigerter Lebensgenuss. Wenn auch bis zum Umfallen! – Goethe hat einmal gesagt, dass jeder Mensch in seinem Leben Rauschmittel, sei es Opium oder Alkohol, benötigt, um sein Menschsein zu bestätigen. Vielleicht geht es einfach ums Vergessen.

Ich hätte meine Phase mit Christine Sahl auch am liebsten ausgelöscht. Ich würde mit Lissy zusammen hier in Düsseldorf, in der Düsselstraße, ganz von vorne anfangen. Heute Abend würden wir uns zusammen Ibsens „Wildente", mein Lieblingsstück, ansehen.

In der Pause standen wir im Foyer, jeder ein Glas Sekt in der Hand. Da sah ich, drei Gruppen weiter, das war doch … Ja, es waren Christine Sahl und Björn Nielsson. Sie erkannte mich nicht. Aber ein Teufel ritt mich, mich zu erkennen zu geben. Ich war nicht mehr der trübsinnige, schüchterne Student ohne Erfahrung und dachte voller Geringschätzung an diese Person zurück.

„Hallo Christine", rief ich hinüber.

Beide kamen auf uns zu, sie im obligatorisch kleinen Schwarzen, er mit Fliege. Doktorandenpropeller, so nannten wir das damals.

„Lissy, meine Frau", sagte ich.

Jetzt stellten sich die beiden auch vor. Ich hatte jahrelang nichts von ihnen vernommen. – Wir tratschten ein bisschen, und im Laufe des Gesprächs erfuhren wir, dass sie „verbandelt" waren, nicht verheiratet, und beide Linguistik-Professoren, er in Düsseldorf, sie in Münster. Was war damals meine Position gewesen?

„Es gibt noch ein Büfett", sagte Christine, „sollen wir rübergehen?"

Ich nickte. Lissy wurde mitgezogen. Das Gespräch drehte sich um Karrieren, und ich dachte: Du brauchtest dich also doch nicht umzubringen.

Es waren vier Aufsteiger, die sich da im Foyer des Düsseldorfer Theaters unterhielten. Mein Schreiben imponierte ihnen, obwohl ich als Studienrat der sozial Schwächste war. Und mein Verlag?

„Landpresse", sagte ich.

„Landpresse?" sagte Christine, „Das ist edel, die macht auch Bücher von Dieter Wellershoff. – Du musst mir mal eins schicken. Oder bring es Björn an der Uni vorbei, und er gibt es mir!" – Dabei rückte sie näher an ihn heran. Ich war verlegen. Ein paar Rudimente meines alten Egos waren noch da. Damals hatte ich einen einzigen wirklichen Freund, der mich von ihr weggebracht hatte. Horst Ludwig. Er studierte Jura und Kunstgeschichte und beschrieb die Vorder- und Rückseiten seiner Referate mit seiner engen, steilen Schrift. Er brachte mir, dessen Vater Geschäftsführer bei Raiffeisen gewesen war, die ZEIT nahe, Richard Wagner, Rachmaninow, Bach und Mozart. Alles auf seinem weißen Braun-Plattenspieler, der heute eine Sammlerrarität ist. Er zeigte mir, wo man, außer in der Mensa, gut und billig essen konnte. Er brachte mich in den Studentischen Filmklub und kaufte sich zum Abendbrot hundert Gramm Leberwurst. Es war meine erste wirkliche Freundschaft in Bonn. Das gab mir auch in dieser Situation Selbstbewusstsein.

„Ich schicke dir ein Exemplar von Goethes Krafft", sagte ich.

„Am besten zwei, meine beste Freundin ist Literaturwissenschaftlerin, und ich würde gern wissen, was sie davon hält!"

„Ich bin Sprachwissenschaftler", sagte Björn Nielsson, „Goethe interessiert mich auch!"

„Du darfst es auch lesen", sagte Christine.

Ich wollte mich im Labyrinth der aufkommenden Gedanken nicht verlieren und zog meine Frau in Richtung Parterre.

Einmal hatte es schon gegongt.

„Ihr findet mich an der Uni", rief Björn Nielsson uns nach.

Als sie aus unserem Blickfeld entschwanden, war ich froh, dass man nicht zweimal von der ersten Liebe angefallen werden kann. Vielleicht wäre mir Christine damals nicht zu nahe gekommen, wenn sie nicht diese Aura gehabt hätte und allen, auch mir, gezeigt hätte, dass ihr „die Wissenschaft" mehr bedeutete als jeder Mann. Sie hatte kurz erwähnt, dass sie sich zur „Semiotikerin" weiterentwickelt habe. Sie pflegte also jetzt Umgang mit dem dicken Vielschreiber. Sie hatte ja damals allen ihren Freunden und Bekannten erzählt, dass sie für „die Wissenschaft" alles über Bord werfen würde, auch jeden Mann.

Ich hatte Lissy nie von Christine erzählt, und sie hatte auch nicht gefragt, woher „die Bekanntschaft" stammte. Aber nach der Vorstellung in einer Altstadt-Kneipe erzählte ich die Geschichte ganz kurz. Sie sagte: „So etwas habe ich nicht erlebt! Alle Männer, die ich kennenlernte, habe ich mit nach Hause gebracht. – Konnte ich auch!" Hätte ich Christine Sahl zu Hause vorstellen können, auf der LHG? Ihre Mutter war Juraprofessorin, ihr Vater tot. Mein Vater war Getreidekaufmann mit einer Vorliebe für viel und fettes Essen. Wie hätte sie sich in unserem großen Wohnzimmer mit dem Büfett, dem gewölbten Sofa und den vielen Blumen auf der Fensterbank gefühlt? Meine Mutter hätte ihr selbst gebackene Hefeteilchen angeboten, was für eine Blamage. Nein, ich habe mein Zuhause meinen Studienfreunden und anderen immer vorenthalten. Auch meinem Freund Ingemar, der mich zweimal nach Schweden zu seinen Eltern (beide Zahnärzte) einlud.

Lissy kommentierte das alles mit einem „Mh"!

Ihre Eltern hatten zur Düsseldorfer Oberschicht gehört, und es war selbstverständlich, dass sie mit ihrem Abiturschnitt Medizin studierte. Auf die Orthopädie kam sie durch einen Zufall. Sie mochte den Assistenzarzt dort. Aber etwas Engeres hatte sich daraus nicht ergeben. So hatte Lissy erstmal bei ihren Eltern gewohnt, hatte in den Uni-Kliniken Düsseldorf als Assistenzärztin gearbeitet und war dann nach Alt-Muhl gekommen. Dass ich sie nach meiner Meniskusoperation auf dem Krankenbett angesprochen und näher kennengelernt habe, war eher Zufall als Schicksal. Ich sehe sie noch deutlich vor mir, wie sie die Bettdecke zurückschlägt, um mein operiertes Knie zu begutachten. Ich trug noch den kurzen Operationskittel, und als sie mein Geschlecht sah, sagte sie „Oh" und schlug die Decke wieder zurück. Dann bestand sie darauf, dass ich ein richtiges Hemd anzog, das meine Blöße verdeckte.

Nach meiner Entlassung rief ich sie ein paar Mal im Krankenhaus an, wir trafen uns regelmäßig und heirateten ziemlich schnell. Mir fiel damals ihr relativ großer Bier- und Weinkonsum in den Restaurants nicht auf. Alkoholismus ist eine Krankheit, und die Systematisierungen in den Psychiatrie-Lehrbüchern interessieren mich nicht. Nach zehn Jahren Ehe musste Lissy zum ersten Mal zur Entgiftung in ein Krankenhaus. Zwei Wochen. Dort bekam sie eine Depotspritze Imap, und seitdem redeten wir nicht mehr über Alkohol. Man riet ihr, eine Psychoanalyse zu machen. Aber ich dachte, lass in ein gesundes Leben niemals einen Psychoanalytiker hinein.

* * *

Dem Rhein kann man in Düsseldorf nicht aus dem Weg gehen. Nach Alt-Muhl und Bonn bin ich an diesem Fluss in Düsseldorf angekommen. In der Düsselstraße in Bilk. In dem dreistöckigen Haus logierten eine Industrieberatung, darüber wir und ganz oben Appartements. Ich denke, der Rhein beherrscht jede Stadt, die an seinen Ufern liegt. Es fiel mir schwer, mich an das „gehobene" Leben dort anzupassen, obwohl wir reichlich Geld haben. Ich denke gerne an die Zeiten der seligen Gabriele Henkel zurück, denn als Student habe ich schon zwei Semester in Düsseldorf gelebt. Dann wieder dorthin durch das Erbe meiner Frau. Wir leben seit Jahren dort, und irgendwie muss sie wieder an den Alkohol gekommen sein, zu dem sie schon als Halbwüchsige eine Affinität gehabt hatte. Mit fünfzehn hatte sie schon öfter mal eine Flasche mit Edelkirsch aus dem Wandschrank geholt und einen kräftigen Schluck genommen. Ihr Vater sah ihr dabei zu und rief: „Ah, Lissy, kleine Kuh!"

In die „Schickeria" von Düsseldorf haben wir nie Eingang gefunden. Aber wir haben dort jede Menge Freunde. Mein Bruder, der hier als Wirtschaftsanwalt arbeitet und die Besitzer eines großen Porzellangeschäfts auf der Kö, die auch an den Büchern interessiert sind, die ich gerade schreibe. Ich habe die Landpresse, aber verkauft wird nicht viel. Düsseldorf ist eben eine Wirtschaftsmetropole, und schöngeistige Typen wie ich werden hier eher nachsichtig angesehen. Meine Frau hat als Ärztin mehr Renommee und mag eher durchgehen. Wir gehen in die Oper und ins Konzert, und manchmal grüßen uns dort Leute, die wir gar nicht kennen. In die grauen Vororte der Stadt kommen wir nie. Aber im Sommer zieht es meine Frau an den Rhein mit seinen breiten, steinigen und sandigen Ufern. Ich wäre gern in einen kleinen Vorort gezogen, der sich wie eine Insel an die Peripherie der Stadt heranschiebt. Aber unsere Wohnung ließ sich damals nicht ohne Verlust verkaufen, und so zogen wir selber ein. Bilk ist ein vorstädtischer Ortsteil mit kleinen Läden und Geschäften. Viele Leute kennen sich hier, und trotzdem hat es städtische Atmosphäre. Inzwischen gibt es hier viele orientalische Läden und Kneipen.

KAPITEL 3

Düsseldorf! – Es hat mich immer hinaus in die Straßen der Landeshauptstadt gezogen, als Lissy in der Klinik war. Von Bilk nach Oberkassel. Von dort über die Pariser Straße nach Neuss. Alles zu Fuß. Über die Rheinkniebrücke. Das Heinrich-Heine-Institut, in dem ich zwei Semester für Wandmann gearbeitet hatte, betrat ich nicht, die Uni auch nicht. In meinen überfünfzigsten Lebensjahren genoss ich das Stadtleben in allen seinen Schattierungen. In einer erlösten Selbstvergessenheit wanderte, nein wandelte ich durch die Straßen, auch mit dem guten Gefühl, nach Alt-Muhl jetzt in einer Großstadt zu sein. Ich war auf der Höhe meiner selbst. Die Cafés, die Kinos, die Spielhallen, die Altstadtkneipen hatten mir etwas zu sagen.

Vor langer Zeit hatte ich hier einmal zwei Semester studiert, aber die Häuserzeilen hatten sich kaum verändert. Ich war damals jung, und mein Gedächtnis ging mit mir zurück. Die Luxusklamotten, die ich damals in den Läden neidisch gemustert hatte, brauchte ich nicht mehr. Ich betrat die Welt von damals, als betrachtete ich sie heute zum ersten Mal. Es war unvergleichlich überraschender. Ich entdeckte. Ich drang in die Außenbezirke ein, immer gewärtig, auf die Uhr zu schauen, denn meine Frau brauchte mich am Nachmittag. Vorerst aber wanderte ich durch die Nebensträßchen über Werst nach Benrath, wo die Klinik meiner Frau lag. Manchmal ging ich auch mittags in die Klinik und aß zusammen mit meiner Frau das deutsche Essen auf ihrem Zimmer, obwohl es dort nicht gern gesehen wurde, wenn jemand nicht an den gemeinsamen Mahlzeiten teilnahm. Meine Frau, in ihrem Dämmerzustand durch die Neuroleptika, fragte mich immer wieder, ob ich sie noch möge.

„Ich habe mich damals gleich in dich verliebt, als du die Decke zurückschlugst", sagte ich, „wo sonst als in einem Krankenhaus sollte man sich so nahe kommen!"

Sie nahm ihre Puderdose aus dem Toilettenbeutel und schaute sich in dem kleinen Spiegel an.

„Es geht gerade noch", sagte sie und puderte sich die Nase.

Ich war wirklich ehrlich gewesen. Aber sie tat so, als glaube sie meiner Ehrlichkeit nicht ganz. Dann tätschelte ich ungeschickt ihr Kinn, und man konnte neues Selbstvertrauen in ihren Augen auftauchen sehen. Sie zündete ein paar Streichhölzer an und kokelte.

„Könnte man doch Gegenwart und Vergangenheit verbrennen wie das hier", sagte sie. Sie hatte in den letzten Wochen so etwas wie ein Krankenhausgesicht bekommen. Jedenfalls nannte Doktor Scheerbarth das so. Ich hatte, nach dem Treffen im Theater, meine alten Tagebücher auch verbrannt. Ich wollte nicht, dass meine Frau die Wahrheit über Christine Sahl und wie es damals um mich gestanden hatte, erfuhr. Meine Frau, die in der Klinik in die Gruppentherapie einbezogen wurde, jeder Alkoholiker bekam sie, fing in der letzten Zeit an zu psychologisieren. Sie sagte, ich würde in letzter Zeit den unverstandenen Einzelgänger spielen, „oder hängt es damit zusammen, dass du zu Hause so allein bist?"

Ich sagte, ich hätte sie noch nie zurückgewiesen und würde mich doch um sie kümmern. Aber sie beharrte auf ihrem Standpunkt. Ich dachte, es hat keinen Sinn, jemandem zu widersprechen, der unter Haloperidol oder Imap steht. Meine Frau schien meine Gedanken zu erraten und sagte nichts mehr. Dann aber doch.

„Kümmerst du dich um den Vorgarten?", fragte sie.

Ich sagte, die Blüten des Magnolienbaums fielen bereits zu Boden. Wir gingen in einen der kleinen Läden in der Klinik und kauften neue Zahnpasta und eine Zahnbürste. Dann umkurvten wir die hohen Buchen auf den Kieswegen des Parks, eine Vorhut des kleinen Buchenwäldchens, in das wir hinter dem Park hineingerieten. Aber von der nahen Straße hörten wir schon die Geräusche der vorbeischießenden Autos, sahen durch die Bäume auch einige Nachbarhäuser.

Am Abend, zu Hause, bemächtigte sich meiner ein Gefühl, das aus meiner Kindheit stammte, Angst. Lissy hatte immer mir gegenüber in dem schönen schwarzen Cor-Sofa gesessen, das in der Mitte des Raumes stand, ich in einem der hellen, geflochtenen Gartensessel von Garpa, mit denen wir den Raum möbliert hatten. Die Sessel hatten etwas Spielerisches. Und vor wuchtigen Wohnzimmermöbeln hatte ich immer Abneigung. Die Drucke von Miro an der Wand heiterten meine Frau auf. Wenn wir ein Kind gehabt hätten, dachte ich, hätte sie diese Krankheit, denn eine Krankheit ist es wohl, nicht bekommen. Vielleicht wäre es ein Sohn geworden, der jetzt schon studieren würde. Ich hätte ihn Johann Wolfgang genannt. Er würde jetzt vor dem offenen Kamin in der Etagenwohnung, den wir hatten, neben mir vor dem Feuer sitzen und mich trösten. Ich hätte ihn damals gewickelt, erst in den Kindergarten, später zur Schule gebracht und ihm seine Seminararbeiten geschrieben. Denn etwas anderes als ein Philosophiestudium kam für meinen Sohn nicht in Frage. – Ich machte mir, nach Lissys Vorbild, zum ersten Mal eine Flasche Wein auf, der mundete. Es war mein erstes halbes Glas seit zwanzig Jahren.

Doktor Scheerbarth hatte wiederholt gesagt, dass ich der ideale Co-Alkoholiker sei. Aber meine Disziplin rührt von meinem Ausgeschlossensein aus der Welt her. Ich musste sie von mir fernhalten, und das ging nur mit Selbstbeherrschung. – Ich blieb im Dunkeln bis eins sitzen, der Rest des Weins unangerührt. Die Gedanken an Christine Sahl und ihren Begleiter vernichtete ich schon beim Auftauchen. Nicht einmal ein guter Psychoanalytiker könnte dem, was sich damals ereignet hat, gerecht werden, obwohl Doktor Scheerbarth mir und Lissy zu einer Paartherapie geraten hatte. Aber es gab kein Beziehungsproblem, es gab nur ein Suchtproblem. Und Lissy hatte sich die ganze Zeit über kein Stück von mir entfernt. Wenn ich die Augen schließe, kann ich mich selbst als der von damals sehen. Ich hatte mich während der kurzen Zeit mit Christine Sahl ein paar Mal in meinem Zimmer im Ulrich-Haberland-Haus mit meiner Agfa-Clack mit Selbstauslöser fotografiert. Ein junger Mann mit länglichem Gesicht, kurzgeschnittenem Haar, etwas hochmütig und, ja, ich rauchte damals Pfeife, um mich wie ein Schriftsteller zu fühlen. Weißes Hemd, dunkle Krawatte und eine hellbraune Hose, keine Jeans. Auf dem Schoß ein aufgeschlagenes Buch, ich glaube, es waren die bewussten Shakespeare-Sonette. Auf dem zweiten Bild, das übriggeblieben ist, stehe ich auf der Terrasse des Ulrich-Haberland-Hauses, diesmal im weißen, kurzärmeligen Sommerhemd, wieder eine Pfeife in der Hand. Ich bin ziemlich dünn, fast mager. Auf dem letzten und dritten Foto, sitze ich auf einem Hausfest des Ulrich-Haberland-

Hauses neben Hannelore Traup, der Tochter des Althistorikers, die Bibliothekarin im germanistischen Seminar war. Sie hatte blondiertes Haar und trug ein weißes Kleid. Sie mochte mich, aber Christine Sahl war damals zu nah.

Lissy und ich hatten, nach der Begegnung im Krankenhaus, traumwandlerisch zueinander gefunden, trotz unserer eigentlich gegenseitigen Fremdheit. – Ich war mit ihr nach Düsseldorf gegangen und hatte in einem Gymnasium in Ratingen Unterschlupf gefunden. Sie arbeitete noch eine Zeit lang weiter als Orthopädin. Die Wohnung hielt uns noch enger beieinander. Nur ein wirklich guter Therapeut, der außerdem noch Zen-Buddhist sein musste, könnte unserer Paargeschichte gerecht werden. Und da wir keinen haben, außer Doktor Scheerbarth, muss ich selbst in meine Innenwelt gehen.

KAPITEL 4

Der Ort rührte sich. Düsseldorf. Auf der Karte sah ich die Nebenorte auseinanderfließen. Düsseldorf war das Zentrum. Und zum ersten Mal hatte ich das Gefühl, ich gehörte irgendwohin, auch zu einem Menschen, zu meiner Frau. – Ich ging ans Fenster und sah hinaus. Wir würden hier zusammen alt werden. Die Geräusche, die von draußen aus dem Vorgarten kamen, waren ruhig und gleichmäßig. Ich umrundete mich mit meinen Gedanken. Glück? Ja, es war ein ruhiges, bleibendes Glück mit ihr. Ich war ihr auch immer treu gewesen. Auch gegen ihren Unglauben, dass ich bei ihr bleiben würde. Aber ich hatte aus dem Glück nichts machen können, ich war immer noch Studienrat. Inzwischen Oberstudienrat, aber das war eine Regelbeförderung. Ihren Argwohn hatte Lissy vergessen. Und ich, bei meiner Heiterkeit und inneren Freundlichkeit, hatte nie einen gehabt. Ich war der Richtige. Das wusste sie. Ich wollte nur nicht, dass die Sucht zur Katastrophe würde. Dagegen würde ich mich mit aller Kraft wehren. Vor allem dagegen, dass sie mit ihrer Abhängigkeit das Gefühl für Zeit und Zeitlichkeit verlor, nicht aber den Glauben an mich. Ich wusste, dass ich der einzig Richtige für diese Frau war, selbst wenn ich anders gewesen wäre, als ich aussah. Ich sah mit meinen über fünfzig Jahren immer noch zu jung aus, vielleicht wie vierzig, als Student hatte man mich für einen Schüler gehalten, und vielleicht hatte gerade diese Kindlichkeit Christine Sahl angezogen. Jetzt, in der Rückschau, erschien mir ihr Gesicht wie ein verkniffenes, lächelndes Clownsgesicht, der Körper eingepackt in ihre rot-schwarzen Kostüme. Ich hatte damals nicht bemerkt, dass Bonn ein Kampfplatz für uns gewesen war. Und Christine der Dino in Menschengestalt. Sie wurde von einem Urmisstrauen getragen, das Lissy nie besessen hat, das ich eigentlich in keinem heilenden Beruf angetroffen habe. Abgesehen vom grundsätzlichen Misstrauen der Ärzte gegen den Körper. Die vierzehntägige Trennung hatte mich nur näher an Lissy herangebracht. Als Christine damals nichts mehr von sich hören ließ, habe ich gedacht, jetzt hast du Ruhe. Aber sie war als Maskottchen der Dixieband, die auf den Hausbällen spielte, in das Studentenheim zurückgekehrt. Und ich, der sie auf einem Hausball kennengelernt hatte, war gezwungen, sie dort den ganzen Abend zu erleben, im weißen Kleid und sittsam an einem der Tische nahe der Bühne. Was zwischen uns gewesen ist, nichts Körperliches, war nichts Kleines gewesen, und Hass empfand ich nicht. Vielleicht wäre es anders gekommen, wenn unsere Beziehung körperlich gewesen wäre. Aber meine körperlichen Beziehungen, die danach kamen, waren bloßer Übermut gewesen, auch wenn manche Außenstehende sie für die Richtigen hielten. Die Körperlichkeit ist endlicher als die Nichtkörperlichkeit, weil jene ganz beseelt ist.

* * *

Ich habe in den letzten Jahren viel von und über Goethe gelesen. Alles, was damals für meine Goethe-Novelle nicht in Betracht gekommen war. Von Goethes „Fasslichem" war ich nicht abgekommen. Goethe hatte sich viel mit Kosmogonie befasst, aber im Grunde war er mit allem Sinnen und Trachten hier auf der Erde, dem Anschaulichen verhaftet geblieben. Ich las das Goethe-Buch von Gundolf dreimal, angetan von den achthundert Seiten ohne Anmerkung und ohne jedes Literaturverzeichnis. Und die Beschäftigung mit Goethe brachte mich auch meiner Frau und ihrer Erkrankung wieder näher. Goethe hatte zu den Rauschmitteln die gleiche Beziehung gehabt wie meine Frau. Die trank ja auch manchmal wochenlang nicht, und dann wieder bis zur Besinnungslosigkeit. Es war ein Erdphänomen. Ein „Fassliches"! Zellgift? – Darüber konnte ich nur lachen. Ich merkte ja schon, wie gut das halbe Glas Wein mir hier am Kamin tat. Goethe hatte das auch gewusst, und ich bin mir sicher, dass er die schönsten seiner Gedichte berauscht schrieb. Die Germanisten der Zwanziger Jahre hatte es mir angetan. Vielleicht, weil sie so kenntnisreich und schwebend über ihr Sujet hinwegglitten, es durchsichtig und verstehbar machten. Und doch verstehbar auch für uns Heutige, da sich die Germanistik in eine Text- und Kulturwissenschaft verwandelt hat. Aber man konnte heute nicht mehr schreiben wie Ernst Bertram, der zu den Nazis abgeglitten war. Ich selbst hatte ja bei einem positivismusorientierten Professor Examen gemacht. Jetzt, mit über fünfzig Jahren, waren für mich Germanistik und Literatur zusammengeflossen. Die Bücher von Gundolf waren ja Literatur. Einmal war die Literatur für mich ja Ausweg aus der Begrenzung durch die LHG und den Beruf meines Vaters gewesen. Hätte ich nicht so viel gelesen und darauf gedrängt, Literatur zu studieren, wäre ich, und das wäre ganz im Sinne meines Vaters gewesen, in einer Verwaltungslehre gelandet.

* * *

Nachdem wir nach Düsseldorf gezogen waren, waren Lissy und ich, durch die Altstadt-Kneipen gezogen, als hätten wir etwas versäumt. Lissy hatte vor mir kaum Beziehungen gehabt, und einmal hatten wir uns in einer Kneipe sogar zusammen betrunken. Und das ich, als Temperenzler. Damals hatte man Lissy ihre Krankheit noch nicht angemerkt. Sie vertrug auch mehr als ich, darauf hätte ich damals achten müssen. Lissy war mit ihren paarundfünfzig Jahren immer noch attraktiv, und ich erinnere mich daran, wie aufmerksam sie Björn Nielsson im Foyer des Theaters gemustert hatte. Björn Nielsson war ein Jäger, und ich war mir sicher, dass Christine Sahl nicht sein einziges Wild war. Sie hatte es geschafft, ihn an sich heranzuziehen. Von Münster aus. Aber in Bonn hatte ich Björn Nielsson immer wieder mit wechselnden Bekanntschaften herumziehen sehen, und auf den Hausbällen der Studentinnenwohnheime in der Lennéstraße und am Wichelshof war er stets gegenwärtig. Im Institut für Linguistik war er die begehrteste Partie, weil man ihm eine Zukunft voraussagte, trotz seiner braunen Hornbrille. Einmal, im Winter, waren wir zusammen zu Fuß vom Institut nach Endenich gegangen. Er, weil er dort bei seinen Eltern wohnte, zeitweilig auch in einem Studentenwohnheim in der Stadt. Dabei hatten wir uns unterhalten. Er wirkte auf mich so herablassend wie der Altgermanist, bei dem ich Examen machen wollte. Mit diesem hatte ich einmal im Riviera-Express im selben Abteil gesessen, als ich von Bonn nach Alt-Muhl zurückfuhr. Ich hatte mich vorgestellt, und er hatte mich gefragt, warum ich gerade in Bonn studiere. Ich nannte das Geld. Er sagte, Bonn scheine doch mehr zum Rheinland zu gehören als Mainz. Er hatte ein graues

Gesicht, trug einen grauen Anzug und sprach graue Worte. – Björn Nielsson war damals noch keine fünfundzwanzig. Aber er redete mit mir wie dieser Professor.

KAPITEL 5

Drei Tage nach Lissys Heimkehr bekamen wir eine Email von Christine Sahl. Sie hatte eine Systemtheorie der Etymologie herausgebracht und wollte sie mit uns in Düsseldorf feiern. Björn Nielsson sei auch dabei. Das Treffen damals im Theater habe ihr „unendliche Freude" gemacht. Sie war jetzt auch aus dem Alter heraus, in dem man sich neu verliebt und ich grübelte ziemlich lange über ihre Motive. Oder hatte Björn Nielsson den Anlass gegeben? Wir trafen uns im Le Doc in der Sternstraße, hatten dort einen Tisch in einer Nische. Björn Nielsson erschien im schwarzen Anzug, Christine Sahl in Rock und Pulli mit V-Ausschnitt. Die Zeremonie dort kannten sie in- und auswendig. Lissy und ich waren noch nie dort gewesen. Die Mahlzeit bestand aus fünf Gängen. Ich nahm als Hauptgericht Roastbeef vom Angus-Rind, Lissy Kalbssteak mit frischen Pfifferlingen, Björn Nielsson gefüllte Kalbsröllchen auf Waldpilzen in Sahnesauce und Christine Kalbsfilet mit Morchelrahmsauce. Die anderen Gänge zähle ich hier nicht auf. Als wir beim Dessert saßen, fragte Björn Nielsson mich: „Hat Ihnen die „Wildente" gefallen?"

Er siezte mich, als wären wir damals nicht zusammen im Schneeregen nach Endenich gewandert.

„Ich lebe auch mit Hjalmar Ekdals Lebenslüge, nur dass ich mir einbilde, noch ein paar vernünftige Bücher zu schreiben."

„Ich bin nicht Gregers Relling, dass ich Ihnen das ausreden wollte", sagte er, „eine schöne Lebenslüge brauchen wir alle. Meine ist, dass die Wissenschaft mich braucht."

Dabei sah er Lissy an.

Goethe hat sich in den Wahlverwandtschaften geirrt, dachte ich, so wie der Typ guckt. Es ist nicht die Viererkonstellation. Jede andere Konstellation täte es auch. Ich merkte jetzt erst, dass ihm sein Mund asymmetrisch im Gesicht stand. Das Gespräch sprang des Weiteren zur Wetterfrage über, dann zu Björns neuem Jaguar.

„Ich wollte mal was anderes", sagte er, „keinen BMW oder Benz."

„Das zeugt von Persönlichkeit", sagte Christine, „ich komme mir mit meinem Mini wie ein kleines Mädchen vor." Dabei lachte sie und drückte seinen Arm. Björn beobachtete immer noch Lissy, die auf den Begrüßungssekt verzichtet hatte und zum Essen Wasser trank. Wir übrigen tranken Grauburgunder. Lissy machte eine ungeschickte Bewegung, so dass das Sektglas von Björn umfiel. Ich tastete unentschlossen nach meiner Serviette. Aber der Kellner war gleich da und erneuerte das Tischtuch.

Björn wirkte gereizt.

„Ist das nicht eine Belastung für Sie, so zwischen Münster und Düsseldorf hin- und herzupendeln?", wandte sich jetzt Lissy an Christine.

„Wir sehen uns nur einmal pro Woche", sagte Christine, „der Rest gehört der Wissenschaft."

„Der arme Herr Nielsson", sagte Lissy.

„Er ist wirklich arm", sagte Christine, „er hat eine schreckliche Zeit als Assistent an der Uni Bonn hinter sich, bevor er sich habilitierte. Geduckt und gebeutelt!"

„Ich kann nur hoffen, dass Sie ihm darüber hinweg geholfen haben!"

„Ich tat, was ich konnte", sagte Christine, „wir waren gerade zwei Tage in Paris. Ich mag die Stadt und die schönen Kleider, die es dort zu sehen und zu kaufen gibt."

„Wir gehen durch die Kö und kaufen dann bei C & A", sagte Lissy, „mir ist es ganz einerlei, was ich anhabe."

Christine verzog das Gesicht.

„Lass dich nicht irre machen", mischte ich mich zu Lissy gewandt, ein. „Christine hat sicher auch nicht alles im Modegeschäft gekauft. Es wundert mich nur, dass ihr nicht länger in Paris geblieben seid."

„Dazu hatten wir keine Zeit", sagte Christine, „die Wissenschaft!"

Ich grübelte darüber nach, wie die Wissenschaft ein ganzes Leben aufzehren konnte. Wir saßen hier friedlich beisammen, und die Vergangenheit war bei uns. Die Zeit war schnell vorübergegangen. Wir erhoben uns zum Abschied und schüttelten uns die Hände. Da fiel Christines Handtasche zu Boden, öffnete sich und allerlei weibliche Schminkutensilien fielen heraus.

„Gott sei Dank ist mein Chanel noch ganz", sagte Christine. Draußen rauchte sie noch eine Zigarette, und wir warteten auf sie. Es fing an zu regnen.

„Na dann", sagten die beiden, und wir verschwanden in Richtung Parkplatz.

„Wenn ihr Lust habt, besucht mich mal in Münster", rief Christine uns nach, „wir bleiben in Kontakt!"

So ist es gut, dachte ich, und meine Gedanken wanderten zu ihr zurück. Was hatte sie in der ganzen Zeit für die Wissenschaft zuwege gebracht? Die Krönung war die Systemtheorie der Etymologien. So wie sie in der kurzen Zeit mit mir umgegangen war, ging sie wahrscheinlich auch mit Björn Nielsson um. Aber sie waren doch lange zusammengeblieben. Irgendetwas musste sie beieinander gehalten haben, und wenn es „die Wissenschaft" war. Zu Hause gingen wir durch die fünf großen Zimmer und prüften, ob alles in Ordnung war. Vor dem wandgroßen Fenster im Wohnraum standen das Cor-Sofa und die zwei Garpasessel. Zwei hohe Zimmerlinden, die Lissy gezüchtet hatte, vor der wandgroßen Fensterfront. Zwei handgefertigte Regale für die CDs und ein großer Seerosen-Druck von Monet neben den Miros. Lissy hatte alles eingerichtet. Vor dem Kamin wieder zwei rote geometrische Cor-Sessel. Die Wohnung war besser als ein Haus. Den Vorgarten besorgte ein Hausmeisterdienst. Lissy brachte mir ein Bier, aber nach dem schweren Essen wollte ich nichts mehr.

„Hat sich Björn Nielsson für mich interessiert?", fragte sie. „Ich hatte das Gefühl."

Ich verglich Lissy mit Christine. Sie waren fast gleich alt. Christines Gesicht hatte das Puppenhafte, das auf Männer so anziehend gewirkt hatte, verloren. Sie hatte in den V-Ausschnitt ihres Pullis ein Seidentüchlein geknotet, als wolle sie damit auf sich aufmerksam machen. Sie war, damals in der Zeit nach der Trennung, täglich unsichtbar bei mir gewesen, und meine Gedanken waren immer zu ihr zurückgekehrt. Schließlich war es Horst Ludwig gewesen, der mich sie zu durchschauen gelehrt hatte. In manchen Situationen mit ihren Nachfolgerinnen hatte ich aber immer noch das Gefühl, es wäre Christine. Ich hatte in ihrem ersten Buch geblättert „Linguistik der Frauenbewegung". Außer dem üblichen „frau-man" sah man sich in eine Welt am Amazonas zurückversetzt. Die Männer lebten im Männerhaus, die Frauen im Frauenhaus. Zur

Besamung traf man sich. Wenn Spaß dabei war, war es eine Zugabe. – Wie kam sie eigentlich mit Björn Nielsson zurecht, der ein ausgesprochener Jäger war. Er hätte sich nicht damit abgefunden, im Männerhaus unter Männern zu leben. Es war auch Hass in dem Buch. Und wenn ich Psychoanalytiker wäre, würde ich eine gestörte Vaterbeziehung vermuten. Ihr Vater war ja tot, und Psychoanalyse ist auch nur etwas, das jemandem eingeredet werden kann. In dem ständigen Hin und Her der Gedanken ging sie mir nicht aus dem Sinn. Ich wollte mich endlich auf mein neues Buch konzentrieren können. Nichts tun in Bilk! – Das lag mir nicht. Und außerdem musste ich mich um Lissy kümmern, die für ihr ganzes Leben gefährdet sein würde. Ich hatte nicht das Gefühl, in einer Falle zu stecken, aber ein bisschen Erlösung brauchte ich auch. Die würde mir der Alltag geben. Ich verwünschte meine mir eingeborene Arbeitsethik, zu eigentlichem Müßiggang war ich nicht bestimmt, obwohl ich viel herumhing. Wenn nur Lissy endlich aus ihrem Loch heraus war. Ich war mit mir selbst im Reinen, eine Art Brüderlichkeit zog mich zu Lissy. Manchmal simulierte ich, ich hätte keinen Körper mehr und förderte ähnliche Gedanken zutage wie Descartes, der an allem gezweifelt hatte, nur daran nicht, dass er diese zweifelnden Gedanken hatte. Aber auch diese konnten Chimären sein. Selbst das Undenkbare konnte möglich werden, und Tag für Tag dachte ich immer mehr daran, zu einer Wahrsagerin zu gehen. Ich hatte auch schon einige Karteikarten für mein neues Buch beschrieben. Aber plötzlich zweifelte ich an dem ganzen Unterfangen. Ich konnte die Leser, auch die Kritiker, nicht vergessen, die sich auf das Buch stürzen würden, wenn es fertig war.

Fertig, was für ein Wort? – Flaubert hatte die „Madame Bovary", um das Zehnfache gekürzt, und erst dann war es ein passables Buch geworden. Ruhe zum Schreiben hatte ich ja in Bilk. Der Anliegerverkehr, der dort unten auf der Straße vorbeifuhr, störte mich kaum. Mein Buch sollte das Motiv von Goethes Wahlverwandtschaften weiterführen. Eine Viererkonstellation, und ich merkte beim Nachdenken bald, dass Björn Nielsson und Christine Sahl mit in das Manuskript hineingeweht würden. An ein Sichfreischreiben glaubte ich nicht, aber es wäre doch ein gutes Sujet. Ich war mir sicher, dass ich das gesamte Buch schon im Kern in mir trug. Es musste nur zutage gefördert werden. Vielleicht sollten wir verreisen, um die Kopfgeburt zu beschleunigen. Eine Reise nach New York, das ich nicht kannte, und wo ich schon immer hingewollt hatte.

KAPITEL 6

In einem meiner früheren Bücher hatte ich fingiert, dass der Held sich in New York aufhält. Aber ich hatte meine Kenntnisse damals aus Reiseführern und den Erzählungen der Freunde. Manchmal, wenn Lissy und ich nach Knokke fuhren und dort über den Seedeich gingen, hatte ich das Gefühl, in New York zu sein. Es waren die schwarzbejackten orthodoxen Juden auf dem Deich, die die Verbindung herstellten. Ich wäre gerne mit ihnen mitgegangen, denn mein Vater, der heute neunzig wäre, hatte sich damals nicht genügend abgegrenzt. Vielleicht ist auch das späte Erwachen meiner Männlichkeit der langen Bevormundung durch meinen Vater zu verdanken. Obwohl ich in meiner Familie in allem das Gefühl hatte, frei und authentisch zu sein. Frei und authentisch! – Von den Zeiten an, wo ich mich erinnern konnte, bis heute zu Lissys Erkrankung. Doktorspiele, daran erinnerte ich mich gut, als einer, der noch mit den Tanten in der kleinen Wohnung in Bendorf wohnte. Dort wäre eigentlich mein Platz gewesen, und jedes Mal, wenn ich eine Frau zum Essen einlud, zog es mich in eine Pizzeria in Bendorf. – Die Wohnung in Bilk gehörte uns seit Jahren, aber ich hatte, nach Lissys Entlassung, das Gefühl, ich könnte jetzt erst richtig mit dem Schreiben anfangen. Die Einzelheiten, die ich mir ausgedacht und die mein Hirn aufgesogen hatte, wurden durch die Wirklichkeit des Schreibens vereinfacht. Und ich hatte das Gefühl, das was mir vorschwebte, nie richtig zu Papier gebracht zu haben. Die Ortsnamen rings um Bilk flogen mich an und sollten sich für die Geschehnisse, die ich mir ausdenken wollte, eignen. Heerdt, Oberkassel, Derendorf und auch Grafenberg, vor dem meine Frau Angst hatte, denn es war die Endstation für Trinker. Ich hatte sie seit Monaten nicht mehr bewusstlos auf dem Boden gefunden, und sie war auch in der Phase, wo sie nichts trank, mir völlig zugewandt. Ich hatte eine Frau, und ich war ihr Mann. In meinen letzten Träumen waren wir, sie und ich, ein zusammengewachsener Leib gewesen, und wenn ich neben ihr aufwachte, ergriff mich eine Herzlichkeit, dass ich sie hätte erdrücken können. Das Trinken machte sie unsichtbar. Zuweilen hatte ich das Gefühl, allein in der Wohnung zu sein. Und manchmal suchte ich nach ihr in der Wohnung, bis ich sie in einem der vielen Zimmer fand, wo sie mich manchmal nicht erkannte. Ich hatte Angst, den Überblick zu verlieren.

Ich griff nach der Zeitung, und mein Blick fiel auf den Artikel über einen Mann, der seine zwei Schäferhunde ermordet hatte, und dann sich selbst. Es war die sinnlose Tat eines Wesens, das von seinen Eltern, besonders von seinem Vater, kaputterzogen worden war. Er hatte sich als Altruist gesehen, und hatte in der Woche zuvor mit Bekannten noch Lebenspläne gemacht. – Er hatte gewusst, wie die Welt aussah und ließ sich von niemandem dreinreden! Dann wollte ich an die Uni, denn ich hatte dort während der Schulferien einen Kurs für Kreatives Schreiben gebucht. Ich hatte alle Klassiker darüber in meinem Bücherregal stehen, Gesing, von Scheidt, Eugene Vale, Gerd Brenner. Aber alle hatten mich von mir selbst weggebracht, und die Rezepte, außer Vale, hatten mir mehr geschadet als genützt.

„Bleib nicht so lange", sagte Lissy, „ich will kochen!"

Ihre Gerichte waren ausgezeichnet, auch wenn sie selbst immer weniger aß. Ich hingegen wurde langsam pummelig. Der Kurs war ziemlich langweilig. Wir sollten eine Kurzgeschichte von Hemingway mit einem neuen Schluss versehen. Immer die gleichen faulen Tricks, dachte ich, mit denen sie glauben, dem, was sie Kreativität nennen, auf die Sprünge zu helfen. Kreativität ist keine Technik, es sind meine Innerungen. Manchmal in eine Form gegossen, manchmal völlig formlos als innerer Monolog. Außerdem musste eine Art Halbschlaf dazukommen. Aber trotzdem hellwach. Das klingt paradox, ist es aber nicht, denn die Sprache lässt alle möglichen Sophismen zu, mit denen uns auch die Politik überschüttet. Vor allem ärgerte ich mich, dass die Offenbarungsverse der Religion über Wissenschaft und Menschenverstand stehen sollten. Und die Ideologie der Geistverbrannten wird sich nicht mehr lange halten. Sie ist weder zeit- noch augenblicksgemäß. Diese Theorie war schon damals etwas für Heftchenleser. Glaube hat anfangs immer etwas mit Zwang zu tun. Ich beeilte mich mit der Rückfahrt, und als wir im Esszimmer saßen, sagte meine Frau: „Björn Nielsson war hier. Er wollte uns Guten Tag sagen."

Er musste gerochen haben, dass ich nicht da war. Was wollte er von Lissy? – Sie war suchtkrank, auch wenn man ihr das weder ansah noch anmerkte. Sie war immer noch attraktiv und hatte sich heute Mittag fesch angezogen. Für mich?

„Worüber habt ihr geredet?", fragte ich.

„Er hat mir die ganze Geschichte der Sprachtheorie aufgetischt", sagte Lissy, „er hat sich dabei auch nach dir erkundigt, als wollte er wissen, wie es um unsere Beziehung steht."

Ich ärgerte mich, dass er in meiner Abwesenheit hier eingedrungen war. Die Adresse hatte ich ihm ja gegeben.

„Er wohnt in Meerbusch", sagte Lissy, „wir sollen ihn mal besuchen kommen!"

„Er meint wohl dich!"

„Nein, Christine Sahl soll auch dabei sein. Er schlug vor, dass wir zusammen Argentinischen Tango lernen, und nächsten Sommer wollen sie am Ijsselmeer mit uns segeln. Er kennt einen Kapitän, der uns anlernt."

„Argentinischen Tango? – Der mündet in Ektase. Und in die möchte ich mit den beiden nicht fallen!"

Lissy sagte: „Wenn wir eine Familie gegründet hätten, brauchten wir das alles nicht!" Lissy sagte eine Familie gründen, als wäre das etwas Selbstverständliches, etwas, das zum Leben dazugehörte. Aber an Kinder war, bei ihrer Erkrankung, das hatte ich schon früh bemerkt, nicht zu denken gewesen. Und ihre großbürgerliche Weltanschauung konnte ich größtenteils nicht teilen. Aber Abwechslung würde Lissy auch gut tun.

„Kennst du eine gute Tanzschule in Düsseldorf?" fragte Lissy.

„In Grafenberg ist eine", sagte ich, „die Löwenburg!"

„Ich käme gern mal aus den vier Wänden raus", sagte Lissy, „wenn auch nur für kurze Zeit! Sag doch zu!"

Ich rief Björn Nielsson unter der Meerbuscher Telefonnummer zurück und sagte, wir könnten es ja einmal versuchen. Er erwiderte, er freue sich, nächstes Wochenende käme Christine Sahl. Ich nannte ihm die Tanzschule, und er sagte, er würde uns gleich anmelden.

„Christine ist eine distanzierte, zurückgenommene Frau", sagte Lissy, als ich vom Telefonieren zurückkam, „was hast du gegen die?"

Die alte Geschichte lag mir immer noch auf der Leber, und die Jahre hatten mich nichts vergessen lassen. Aber jetzt hatte ich eine Frau, und das gab mir Kraft gegen die Erinnerungen. Ich war mit über fünfzig doch nicht ältlich. Ist Aura der richtige Begriff, um die Anziehung, die Christine Sahl damals auf mich ausgeübt hatte, zu erklären? Aura, auratisch! – Man hörte das Wort überall, und ich ärgerte mich, dass man den Rationalismus, mit dem ich an Uni und Schule aufgewachsen war, scheinbar nicht mehr brauchte. Das Bewusstsein regiert den Menschen zum kleinsten Teil, hatte Goethe gesagt. Auch ich hatte mich ja vom Instinkt leiten lassen, als Lissy damals im Krankenhaus meine Blöße aufgedeckt hatte. Unser Zueinanderfinden war zum größten Teil meiner Initiative zu verdanken. Christine Sahl hatte damals selbst die Initiative ergriffen, als sie Gabi Rühl von hinten die Augen zuhielt. Ich spürte, dass es damals auch um mich gegangen war. Meine Schwester, die auch in Bonn studiert und bei Schwingel im Hörsaal gesessen hatte, hatte Christine dort gesehen und gesagt: „Mit dieser Dame ist nicht gut Kirschen essen!" Aber Christine zog mich auch heute noch stark an. Erst letztens im Le Doc. Wahlverwandtschaften! – Darüber konnte ich nur lachen. Der Partnertausch im deutschen Landadel um Achtzehnhundert war in Goethes Roman Spielregeln gefolgt, die Goethe bestimmt hatte. Gedankensünden, wie Eduard im Roman, hatte ich ziemlich oft begangen, auch damals im Restaurant. Björn Nielsson musste etwas geahnt haben, denn er hatte sich sogleich

Lissy zugewandt, das chemische Modell eignet sich nicht als Bezugsnetz, um menschliche Beziehungen zu erfassen. Um jede Zufallsbekanntschaft wird herumfantasiert. Und wir vier, jetzt redete ich schon wie Goethe, waren keine ziellos adligen Müßiggänger. – Heute benutzt man als Folie für Beziehungen den Begriff „Narrativ". Das Narrativ für die vier Leute, die sich einmal im Düsseldorfer Theater und einmal im Le Doc zusammengefunden hatten, war noch nicht gefunden. Affinität hatte Schwingel einmal dazu gesagt. Aber ich weiß nicht, ob das nicht etwas Herbeigewünschtes war? Für die Behaviouristen gab es keine Affinität. Das Innere eines Menschen war eine Blackbox, vollgestopft mit kruden und sich widersprechenden Fantasien und Wünschen. Bei jedem anders. Dein Herz hält alles aus, dachte ich. Christine war einmal die langhaarige Frau auf meinem Bettsofa im Ulrich-Haberland-Haus gewesen, dann der böse lächelnde Clown, der jeden Tag von seiner Wohnung in der Kaiserstraße ins Institut für Sprachwissenschaft ging, dann die Frau, die mich nach dem Abend auf dem Kunstball nach oben gebeten hatte, und ich der Idiot, der nein gesagt hatte. Ich kann es heute noch nicht fassen! Es war eine niederschmetternde Erinnerung! – Ich könnte mich heute noch auf den Boden legen. Und die Geschichte, die ich heute erzählen könnte, wenn sich damals etwas ergeben hätte …? So ein Narrativ hätte noch keiner gehört!

Ich beschloss, Doktor Scheerbarth von der Geschichte, die mich mehr belastete, als ich zugeben wollte, zu erzählen. Er saß in seinem grün gestrichenen Sprechzimmer, das Foto einer balinesischen Tempeltänzerin an der Wand.

„Mit so etwas habe ich täglich zu tun", sagte er, „es gibt einige Männer, die nicht den Augenblick ergriffen haben und es nachher bereuen. Drei Dinge kommen nicht zurück, das ausgesprochene Wort, der abgeschossene Pfeil und die verpasste Gelegenheit. Dass Sie so spät angefangen haben, ist Ihrer Familie zu verdanken. Leben Sie die Sache aus. Gehen Sie zum Tanzkreis und fahren Sie mit zum Segeln. Was daraus wird, weiß ich nicht. Mehr kann ich Ihnen nicht raten."

Ich dachte an Björn Nielsson, der es bei Christine geschafft hatte. Seine Eltern hatten in Bonn gewohnt, und er war nie richtig von ihnen weggezogen. Vielleicht hatte ihm das die Kraft zu seinen vielen Abenteuern gegeben. Und zu seinem „Sieg" über Christine Sahl. Aber ob es wirklich ein Sieg war? Meine Fantasien wucherten aus, und wenn ich keine suchtkranke Frau gehabt hätte, hätte ich mich von ihnen fortreißen lassen. Aber eine Heirat mit Christine konnte ich mir auch nicht vorstellen. Sie hatte ihr Leben der „Wissenschaft" gewidmet. Aber sie musste doch bei Schwingel, wo sie immer in der ersten Reihe gesessen hatte, gelernt haben, dass hinter jeder Wissenschaft nur Ideologien und Weltanschauungsmuster standen, und eigentlich das Nichts. Ein anderes Wort für diesen Zusammenhang hat die Sprache nicht. Eine Sterbensbetroffenheit ergriff mich bei diesem Gedanken.

KAPITEL 7

Also tanzen! – Gut! – Scheerbarth hatte mir ja dazu geraten. Ich würde dabei sehen können, ob meine Fantasien
wieder ausuferten. Wir trafen uns in der Tanzschule Löwenburg in der Ludenberger Straße. Es war ein Kurs für
Erwachsene. Es waren fast nur ältere Ehepaare da, wir waren mit knapp über fünfzig die jüngsten. Argentinischer
Tango, das war jetzt Mode. Lissy tanzte gut und ließ sich
von Björn Nielsson mit dem Charme eines alten Gardeurs
führen. Mit Christine Sahl hatte ich mit fünfundzwanzig
auf dem Künstlerball getanzt. Jetzt merkte ich, dass sie
für den Tanz gar kein Gespür hatte. Unsere Beine gerieten
sich ein paar Mal ins Gehege. Sie tanzte so marionetten-
artig wie Michael Jackson. Zwischendurch gingen wir zu
unseren Tischchen und tranken etwas. Lissy trank auch, etwas anderes wäre aufgefallen. – Der Tanzlehrer korrigierte
hier und da unsere Haltung, merkte aber, dass wir nicht
das erste Mal tanzten, aber auch, dass Christine Sahl keine
Tanztype war. Hinterher sahen wir uns eine Videoaufnah-
me von uns an, und da wurde mein Eindruck noch stärker.
Wo blieben die geheimen Zeichen, wie in dem Roman, als
Ottilies Handschrift in die von Eduard übergegangen war?
– Der Strom floss nur von mir zu Christine Sahl, nicht um-
gekehrt. Aber Björn Nielsson und Lissy schienen sich gut
zu amüsieren. Ich sah, dass Lissy eigentlich nichts hätte
trinken dürfen, denn sie wurde immer munterer. Der Linguist und die Ärztin. Die gaben ein schönes Paar ab. Und
ich und Christine? – In den paar Wochen, in denen wir
zusammen gewesen waren, hatten wir uns fast nur gestrit-
ten. Zum Teil bis aufs Blut. Das Foto in meinem Zimmer,

das einen Mann und eine Frau nebeneinander in einem Sportwagen zeigte, ein Reklamebild, fand sie „brutal". Brutal? – Ein so harmloses Bild? Es zeigte Lebensfreude und den Spaß der beiden jungen Models am Fahren. Der war mir von meinem Vater früh durch Spielzeugautos eingeimpft worden. Ich hatte, gerade erst achtzehn, den Führerschein bei einem Onkel gemacht, der Fahrprüfer beim TÜV war und mit einem Kölner Fahrschulbesitzer befreundet war. Es hatte zwei Wochen gedauert, auf einem schweren Ford. Mein Vater hatte einen VW gehabt, und ich hatte mich damit gleich bei meiner ersten Fahrt bei Glatteis auf der Europabrücke gedreht, ohne dass etwas passiert war. Aber ich war seitdem vorsichtig geworden und habe bis heute keinen Unfall mehr gehabt. Ich hatte Christine Sahl von den Spielzeugautos und dem Dreher auf der Brücke erzählt, aber sie hatte mich danach nur noch misstrauischer angesehen. Wir hatten damals, statt Bach auch John Lee Hooker gehört, und sie hatte gesagt, die Blues-Musik sei nichts für Gebildete. Ich spielte eine ziemlich gute Blues-Gitarre und hatte oft davon geträumt, das Studium aufzugeben und Blues-Musiker zu werden. Christine sagte, dazu reichte mein Spiel nicht aus, und wir stritten uns schon wieder. Ich hatte meine ganze Jugend- und Studentenzeit mit dem Blues gelebt, mehr als mit Bach, von dem ich auch ein bisschen auswendig spielen konnte. Zuweilen war es richtiger „Krach", der sich unten auf der Straße vor der Wohnung abspielte. Und wenn wir gekonnt hätten, hätten wir uns die Zähne ausgerissen. – In Schwingels Vorlesung, Philosophie der Naturwissenschaften, saß sie immer noch vorn neben Björn Nielsson, und ich merkte, dass sie ihn liebte, obwohl sie mich damals heraufgebeten hatte. Ich war ja nichts gegen diese künftige Linguistik-Hoffnung! Sie sagte mir im Streit ins Gesicht, aus mir würde einmal nichts als ein „kleiner Studienrat". Mit meinen Büchern, besonders dem über Goethe, hatte ich ihr zeigen wollen, wie wenig Recht sie hatte. Ihr Ungutes, Erbittertes in dem Streit. Sie hatte doch so ruhig auf meiner Bettcouch gelegen. Der Streit war ein Austausch von Gemeinheiten. Von ihrer Seite mehr. Es war das, was man im Mittelalter „Zwist" genannt hatte, oder eine Fehde. Kein Innehalten. Und es waren nicht einmal Lügen, die wir uns an den Kopf warfen. In der Vorlesung von Schwingel tat sie so, als sähe sie mich nicht. Ebenso Björn Nielsson. Mit Björn Nielsson verband mich nichts. Er war der Prototyp des aufstrebenden Assistenten gewesen. Ob Christine Sahl das nicht gesehen hatte? – Beider Affinität bestand in der „Wissenschaft". Das war es, was sie verband. Wenn man nicht an die Wurzeln der Wissenschaft denkt, ist es ein magisches Wort. Viele aus meinem Umkreis hatten sich von dem Wort täuschen lassen und waren fast lebenslang an der Uni verharrt. Ich hatte ihre abgewetzten Mäntel im Erfrischungsraum am Haken hängen sehen und ihre erkenntnishungrigen Gesichter beim Kaffeeschlürfen. Die widerwillig gemolkene Alma Mater hatte sie schmal werden lassen. – Und wie viele es waren! Die meisten aus meiner Sparte landeten doch an der Schule, spät, aber sie heirateten, bekamen Kinder und bauten ein Einfamilienhaus. All das hatte ich nicht getan. Aber ich hatte Glück mit Lissy gehabt.

Lissy, die Goethe auch mochte und die viel las, wies mich am Abend auf unsere Viererkonstellation hin.

„Goethe hat sich geirrt", sagte ich, „wir stehen unter keinem übermächtigen Gesetz, fast gleichbedeutend mit einem unbezwingbaren Schicksal. Goethe meinte eigentlich den absolutistischen Kleinstaat, in dem der Herrscher Schicksal spielen kann. Die Botschaft von überpersönlichen Mächten, die unser Leben bestimmen sollen, ist mir zu banal. Und die „Gesetze" erkennt nur der Eingeweihte. Was Goethe Schicksal nannte, sind die Assoziationen, die bis ins Unbewusste reichen. Dass der Charakter eine Matrix ist, die Schicksal schafft, glaube ich nicht. Alles, was Goethe dem Schicksal zuschreibt, ist durch Kommunikation bedingt. Und die Symmetrie in dem Buch gerät am Ende ziemlich durcheinander. Den Titel kann ich mir nur als Ironie vorstellen. Goethe hat ein Schicksal fingiert, das es nicht gibt. Ein unsichtbares Geheimnis für unser Leben verantwortlich zu machen, darüber kann ich nur lachen. Ich bin vom Zufall fest überzeugt. Und dass sich Björn und Christine so in unseren Wesenskreis gedrängt haben, ist allenfalls Fügung! Ich war mir sicher, dass sie uns, nach fünfundzwanzig Jahren, nicht in ihre Bahn zwingen würden. Was Goethe über die Ehe gesagt hatte, dem stimmte ich zu. Das Ich, Natur, Kultur, alle haben Teil an der Ehe. Natürlich rührt das Erforschliche an das Unerforschliche. Aber wenn ich darüber spekulieren will, muss ich mich der Kosmogonie zuwenden. Goethes einmaliges Erlebnis mit Minchen Herzlieb hatte das Buch ausgelöst. Sonst nichts. Alles andere wurde darum herum geschrieben.

Lissy stimmte mir zu. Sie sagte: „Ich habe ein komisches Gefühl bei dieser Frau Sahl! – Sie erinnert mich an das, was du mir von deiner Mutter erzählt hast."

Meine Mutter, die vor einem Jahr gestorben ist, war ein seltsamer Mensch. Sie war gerecht, und darauf war sie stolz. Sie war Lehrerin gewesen, und ihre Kinder sollten auch gute Schüler werden. Küsse oder Umarmungen gab es bei uns nicht. Aber als mich der Musiklehrer Amman in der Schule verprügelt hatte, merkte sie es mir an und kam abends an mein Bett, um mich zu trösten. Sie las gerne, hatte auch Sinn für Höheres, aber sie glaubte, dass es ihr nicht zustand. Und ich glaubte es damals mit. Sie war leistungsorientiert, gleichzeitig streng und nachsichtig, wie alle Ostpreußen. Im Alter entglitt ihr zuweilen ihre Laune. Aber sie fing sich meistens wieder. Alles, was sie bekam, hatte sie sich mit Leistung zu verdienen. Erst als Hausfrau, dann, als sie schon vierundvierzig war, als Lehrerin in der Schule. Psychologie mochte sie nicht. Alles war doch so klar und einfach. Als ihre zwei Kinder in Bonn an Schwingel gerieten und dessen Gedanken zu Hause weitertrugen, sagte sie zu mir: „Ihr habt euch doch von uns entfernt, und du als Erster!"

Meinen Vater ließ das alles unberührt, und als ich mit ihm einmal eine Diskussion über die Vater-Sohn-Beziehung führen wollte, die ich aus einem Schwingel-Seminar mitgenommen hatte, saß meine Mutter dabei, als wolle sie sagen: „Sprich nicht zu viel!"

Lissy war immer sorglos gewesen. Und ihr Katholizismus brachte mich von meiner lutherischen Selbstanalyse weg. Sie hatte wenig Erfahrung, als sie mich mit dreißig kennenlernte. Une demi-vierge, wie die Franzosen sagen. Ich konnte das nicht verstehen, obwohl ich auch spät angefangen hatte. Lissy wusste, dass ich wusste, was ich an ihr hatte und dass ich eine Alternative zu ihr schwer finden würde. Lissy hatte es gern, wenn man sich ihr unterwarf. Sie muss kurz nach ihrem Physikum zum Alkohol gekommen sein, dem schwierigsten Teil des Medizinstudiums. Sie hatte während dieser Prüfung ihre Zimmerfenster mit Folie verklebt, um nicht abgelenkt zu werden. Jetzt hatte sie die klinischen Semester vor sich, und die waren, gegenüber den vorklinischen, ein Klacks. Ein paar Mitstudenten bemühten sich um sie, sie ging nicht in die Mensa und in die Kneipen. Trank ab und zu zu Hause. Nach dem Staatsexamen spielte sie mit dem Gedanken, Fachärztin für Psychiatrie zu werden. Aber sie verliebte sich in einen Orthopäden und ging in diese Branche. Sie hatte nie eine Praxis, arbeitete in verschiedenen Krankenhäusern im Rheinland, bis sie in Alt-Muhl landete und mich im Krankenhaus kennenlernte. Operiert hatte sie mich damals nicht. Wir heirateten nur standesamtlich und zogen nach nach Düsseldorf. Wegen der Wohnung!

KAPITEL 8

Das Tanzen behielten wir eine Zeitlang bei, dann verloren alle vier die Lust. Lissy hatte sich gleich nach den ersten Tänzen mit Björn Nielsson beiseite gehalten und kunkelte mit ihm, während ich an meinem Tischchen mit Christine Sahl saß. Sie versuchte mit mir über Lissy zu klatschen, um so eine vertrauliche Atmosphäre zwischen uns herzustellen: „Es würde mich nicht überraschen, wenn sie trinkt", sagte sie fast im Flüsterton.

Ich lachte und zuckte die Achseln: „Was weißt du schon übers Trinken?"

Sie zog die Augenbrauen hoch und lachte auch: „Ausgerechnet deine Frau!" Sie meinte wohl meine Mäßigung damals. Mochte sie reden, was sie wollte. Sie beugte sich über das Tischchen, ganz nah zu mir: „Die beiden scheinen sich auch gut zu verstehen!"

Es war nicht fair von mir, mich über diese Bemerkung zu freuen, denn sie brachte etwas vor, das die beiden ausschloss. Aber eigentlich war sie langweilig, und hatten wir uns damals überhaupt etwas zu sagen gehabt? – Ich sagte jetzt Christine zu ihr, nachdem ich sie vorher mit Frau Sahl angeredet hatte. Es hatte eine merkwürdige Scheu in ihren Worten gelegen, als ob sie unsere Begegnung im Ulrich-Haberland-Haus wieder aufleben lassen wollte. Aber ich konnte mich auch irren. Ich fühlte mich unbehaglich. Sie war nicht dumm und forderte mich heraus. Diese zwiespältige Art, mit Menschen umzugehen, hatte sie schon damals gehabt. Es war nichts, was ich wollte, aber sie zog mich an.

Björn Nielsson und Lissy kamen von Tanzen zurück und setzen sich an unseren Tisch. Christine wandte sich sofort Björn zu, und wir plauderten zu viert.

„Wollen Sie nicht auch heiraten?", fragte Lissy Björn. Das Gespräch mit mir über die Wahlverwandtschaften wirkte wohl nach.

„So weit sind wir noch nicht", sagte Björn Nielsson, „alle beide nicht! – Wissenschaft, Sie wissen ja …"

„Man darf für diese Chimäre nicht das kleinste Opfer bringen", sagte Lissy.

„Für mich ist das keine Chimäre", sagte Björn Nielsson, „für mich ist das eine platonische Idee."

„Der man sich vergeblich anzunähern versucht", sagte ich, „sie leuchtet in der Ferne! – Um uns herum ist frische, grüne Weide! – Sie wissen ja: Wie ein Tier im Kreis herumgeführt und so weiter!"

„Ich sehe das anders", sagte Björn Nielsson, „die Arbeit in der Wissenschaft gibt mir alles, was ich vergeblich vom Leben verlangt habe!"

„Mir auch", sagte Christine Sahl, „wenn ich nicht in der Wissenschaft geblieben wäre, wer weiß, was aus mir geworden wäre!"

Vielleicht die Frau eines kleinen Studienrats, dachte ich.

„Vielleicht eine Obdachlose", fuhr sie fort.

Du hast doch geerbt, dachte ich, tu doch nicht so. Aber es hatte eine komische Zurückhaltung in ihren Worten gelegen.

Lissy putzte sich die Nase: „Die Wissenschaft, jedenfalls die Medizin, ist dazu da, dass sie in die Praxis mündet!"

„Dafür blättern wir in unseren Systemtheorien Schritt für Schritt den Schöpfungsplan auf", erklärte Christine Sahl.

„Eure Systeme sind konstruktiv-kreative Erfindungen aus dem Kopf. Dafür braucht man keinen Schöpfungsplan", sagte ich. Es waren die Worte Schwingels gewesen, die sie doch auch oft genug gehört hatte.

„Sie sind ja Konstruktivist", flüsterte Christine Sahl, „Pfui Teufel! – Wir beide", sie deutete auf Björn Nielsson, „sind eingefleischte Essentialisten. Jedenfalls glauben wir an etwas." Sie sah mich an, als wäre ich ein Nihilist. Dabei war ich nichts anderes als ein Suchender, der zufällig in der Schule gestrandet war.

„Er ist über jeden Vorwurf erhaben", sagte Lissy lächelnd zu Christine Sahl, „wer sollte nicht, angesichts der immer schnelleren Ausdehnung des Universums, an etwas Höheres glauben!"

„Wir wissen nicht viel", sagte ich, „und unser Erkenntnisvermögen gehört zu der Plaque, die dieser immer noch glühende Planet auf seiner Oberfläche hervorgebracht hat."

„Jetzt kommen Sie mir nicht mit der Stubenfliege und dem Facettenauge, das alles anders sieht. Wissenschaft ist für mich ein Trotzdem!"

„Für mich auch", sagte Björn Nielsson.

„Dann sind Sie nicht weit vom Kirchenglauben entfernt", sagte ich.

„Man muss damit leben", sagte Björn Nielsson.

„Wenn man kann", sagte ich.

„Sonst bliebe nur noch der Selbstmord", sagte Christine Sahl.

Das hatte ich doch schon mal gehört. – Wie war sie daran vorbeigeschlittert? – Hand an sich legen? Aber das war wieder eine andere Sache. Vor allem, wenn man sich nahe kam. Das Tröstliche, das in Schwingels Worten immer gelegen hatte, war plötzlich weg. – Diese Frau war vor dem blanken Nichts geflüchtet und hatte ihren Gefährten mitgerissen!

„Ich bin jetzt mehr Kommunikationswissenschaftlerin als Linguistin", sagte Christine Sahl zu Lissy, „und am Ende lösen wir unsere Systeme auch nur mit einer schönen Geschichte."

„Erzählen Sie uns eine", sagte ich, „für meinen Deutschunterricht!"

„Man muss sie erleben", sagte Christine Sahl zu mir, „sonst hat man nichts davon. Immerhin sozialisieren Sie Menschen für unsere Sprachwelt. – Besser als wir das mit Linguistik und Kommunikationswissenschaft können."

„Zeit, dass wir fahren", sagte Björn Nielsson, „das war doch ein schöner versöhnender Schlusssatz."

Wir holten unsere Jacken und Mäntel aus der Garderobe und machten uns auf den Heimweg.

Zuhause trank Lissy noch ein halbes Glas Rotwein, was ich nicht gerne sah. Aber sie wurde gesprächig. Sie erzählte von ihrer Mutter, die Professorin für Archäologie in München gewesen war und in Ägypten auf den Spuren Schliemanns Ausgrabungen geleitet hatte. Sie hatte ein Buch über Nofretete veröffentlicht, das es im Antiquariat immer noch gab. Ihr Vater war Direktor einer Raiffeisenbank gewesen und lebte noch. Der hatte auch gerne einen zur Brust genommen, und als er sah, dass Lissy Alkohol mochte, hat er nicht mit Verboten reagiert. Vielleicht hätte er es tun sollen … Aber Lissy hatte sich noch nie etwas verbieten lassen. Von mir sowieso nicht. Und jetzt stand ich mit dem Problem hier und hatte nur Doktor Scheerbarth. Lissy musste einen leichten, aber stetigen Alkoholspiegel haben. Ich hoffte, dass sie sich nicht zur Spiegeltrinkerin entwickeln würde. Aber selbst wenn sie betrunken war, blieb sie immer liebenswürdig und driftete mit ihren Gedanken nicht ab. Aber alle paar Monate lag sie auf dem Boden und hatte sich das Gesicht aufgeschlagen. Manchmal wurde sie wunderlich, sprach ganze Tage nicht mit mir! – Ich war ihr Gegner – wenn ich sie aber freundlich ansprach, war alles vergessen. Manchmal fuhr sie nach Oberkassel, stand stundenlang auf der Rhein-Knie-Brücke und starrte ins Wasser. Ich wartete dann zu Hause auf sie, manchmal bis spätabends. Irgendein Defizit musste sie ja haben, dachte ich, sonst hätte sie mich nicht geheiratet. Für ihren Vater war ein Schluck aus der Flasche „Echter Schrot und Korn". Während ihres Studiums hatte sie fast keinen Alkohol zu sich genommen. Aber die langen Tage und Nächte in den Notaufnahmen hatten ihn ihr wieder nähergebracht. Erst war es ein Glas Wein, dann eine Flasche und schließlich auch harte Sachen, die die Monotonie des ärztlichen Alltags betäubten. Nie hatte sie in einer Kneipe getrunken, sondern immer für sich allein. Eigentlich hatte sie einen Widerwillen gegen „das Zeugs", wie sie es nannte. Sie war mit diesem Verlangen nach Alkohol nicht geboren worden, und auch ohne Geschwister aufgewachsen. Aber das Zeug war leicht zugänglich, stand in jedem Supermarkt in Riesenregalen, an denen man vorbei musste. Und dann und wann konnte sie nicht widerstehen. Sie war Ärztin und kannte die Wirkungen des Alkohols, wusste auch um die

Spätfolgen. Sie trank auf gewöhnliche, normale Weise. Es schien für sie die einzige Möglichkeit, Freiheit zu erlangen. Unsterblichkeit? – Aber sie tat ja nichts dafür! Der Alkohol macht den Trinker hellsichtig. Er durchschaut Menschen besser als andere. Und er wird zum Nihilisten, indem er alle Werte relativiert. Man kann es nicht besser sagen! – Die Großen hatten es ihr als Jugendlicher nicht verboten, und warum sollte sie als Erwachsener nicht selbst trinken? Sich selbst vergiften! – Eigentlich war sie trinkfest, durch jahrelange Übung. – Aber sie war nicht stolz darauf. Und über moralische Entrüstung lachte sie nur. Trotzdem, und das ist kein Widerspruch, blieb ihr eine physische Abneigung gegen Alkohol. – Sie trank allein wegen der Wirkung aufs Gehirn. Vielleicht hatte sie auch das Gefühl, den falschen Mann geheiratet zu haben. Aber davon bin ich nicht überzeugt. – Vielleicht suchte sie auch nach etwas Ungewöhnlichem und glaubte, es in der Droge zu finden. Alkohol sollte die Zunge lösen, aber bei Lissy bewirkte er das Gegenteil. Sie war schon immer schweigsam gewesen, und ich glaube, sie hat nur Doktor Scheerbarth etwas über sich erzählt. Ich konnte mir nur durch Beobachtung und Halbsätze vieles selbst zusammenreimen. Den Sinn des Lebens verstehen? – Solche Fragen kamen nur durch die unvollkommene Struktur unserer Sprache zustande. Das wusste sie nicht so genau wie ich, aber sie spürte es. Wie eigentlich jeder, der Verstand im Kopf hat. – Sie war eine berauschte Göttin, ihre Macht kannte im Rausch keine Grenzen. Doktor Scheerbarth hatte uns zu einer Paartherapie geraten, aber kurierte das die Sucht? – Sucht, dieser Name für die komplexe Abhängigkeit! Wollte Lissy der Welt entsagen? – Warum?

Christine beschloss damals, der Welt und der Lust zu entsagen, weil sie der „Wissenschaft" angehören wollte, und das konnte sie nur mit Björn Nielsson zusammen. Wenn sich ein bisschen Spaß anbot, nahm sie ihn trotzdem mit. Sie hatte uns damals nach dem Tanzen eingeladen, ihre verspätete Antrittsvorlesung in Münster zu hören. Ich saß mit Lissy neben Björn Nielsson in der ersten Reihe. Sie sprach über die mythische Einbettung des Schlusses von Watzlawicks Menschlicher Kommunikation: „Was ist's, was alle Frauen am eifrigsten erstreben?" Darauf muss ein Ritter der Tafelrunde die Antwort finden, um nicht hingerichtet zu werden. Die Antwort, die ihm eine alte Hexe schließlich offenbart, lautet: „Der Weiber Wunsch nach Souveränität, / dass den geliebten Mann in Haft / sie halten unter ihrer Meisterschaft." Daran knüpfte sie linguistische und existenzphilosophische Fragen und tat schließlich so, als sei das die einzige erkenntnistheoretische Frage der Welt, die Sinn mache. Sie sprach über Doppelbindung und die Illusion der Alternativen, als habe das alles nichts mit ihr zu tun. Das Plenum klatschte ungemein. Der Rektor trat vor und erklärte, eine tiefgründigere Vorlesung im Bereich der Linguistik habe er noch nie gehört. Pragmalinguistik, die unmerklich in die Kommunikationswissenschaften überging! Björn Nielsson spendete stehend Ovationen. – Hinterher gingen wir in ein Szenerestaurant essen. Ich bekam nichts herunter und wäre am liebsten zurückgefahren. Aber Lissy sagte: „Das können wir ihr nicht antun! Im Grunde magst du sie doch gern. Björn Nielsson ist mir auch nicht unsympathisch! Wir trinken noch zusammen einen Kaffee, und dann fahren wir."

KAPITEL 9

Wir waren mit Björn Nielssons Auto nach Münster gekommen und fuhren auch zu dritt wieder zurück. Lissy wollte unbedingt auf den Rücksitz. Nein, ihr würde nicht schlecht dahinten. Ich merkte, dass sie gern neben Björn Nielsson gesessen hätte. Aber ich zögerte, ihr zu widersprechen.

„Es ging Christine um die längst nicht begriffene Natur des Menschen", sagte Björn Nielsson auf der Höhe von Ascheberg. Ich dachte, er wolle nur ein Gespräch in Gang bringen, aber es war ihm ernst.

„Die Natur des Menschen kann mit Begriffen nicht verstanden werden", sagte ich, mich an meinen Roman erinnernd, der ein Motiv aus Goethes Wahlverwandtschaften weiterführen sollte.

„Der Wissenschaftler muss alles, was er untersucht, in Begriffe bringen, sonst wird er scheitern", sagte Björn Nielsson, „so kenne ich es aus meiner Wissenschaft. Die Neider sind überall, und deswegen müssen die Begriffe auch resistenzfähig sein. Was glaubst du", jetzt duzte er mich plötzlich, „wie man an der Uni beobachtet wird. Die sogenannte Wissenschaft besteht aus kleinen Cliquen, die ihre Weltanschauungen auf den Schild heben."

Ich sagte, dass wüsste ich, selbst wenn ich nichts als ein Mindestmaß aus der Philosophie mitgenommen hätte.

„Gehörst du etwa zu denen, die Goethe Glaubenssophisten genannt hat, die alle Gewissheiten des Wissens verdunkeln wollen?"

Ich kannte das Zitat und erwiderte, selbst durch diese ließen sich die Grundfesten der Wahrheit nicht erschüttern. Aber ihm müsste die Wissenschaft durch Schwingels Vorlesungen auch verdächtig sein.

Jetzt wusste er, dass ich ihn damals beobachtet hatte, und wurde vorsichtig.

„Mit dem Wahrheitsbegriff kann man alles machen", sagte er ganz Linguist, „denk nur an seine unterschiedlichen Konnotationen in der Logik, in der Physik oder in den sogenannten Offenbarungs- und Religionswissenschaften!"

„Das sind überhaupt keine Wissenschaften", sagte ich, „auch nicht die Linguistik oder die Mathematik. Es gibt überhaupt keine Deduktion. Der Kopf „erfindet" nichts. Deduktion und Induktion sind nur da, weil unser Denken in Gegensatzpaaren verankert ist, wie die zwei Körperhälften, Gehirnhälften und alle Symmetrie. Es gibt nur empirisches Sammeln und Verallgemeinern."

„Das machen wir ja, und das ist es, was mich so erschreckt", sagte er, „Christine will übrigens nächsten Sommer zum Segeln ans Ijsselmeer. Ihr sollt mitkommen!"

„Wir machen das", sagte Lissy von hinten.

Dann schwiegen wir bis Düsseldorf.

Lissy wollte unbedingt, dass Björn Nielsson noch mit hinauf kam. Und er tat ihr den Gefallen. Oder sich selbst?

* * *

„Björn Nielsson gefällt dir", sagte ich, als er weg war. „Und ich? Gefalle ich dir überhaupt noch, nach zwanzig Jahren?"

„Wie meinst du das?", fragte sie.

„Ich passe doch ganz gut zu dir! – Wir sind fast gleichaltrig!"

„Hast du nicht manchmal Lust auf eine Jüngere, oder auf Christine Sahl? – Bin ich dir nicht zu langweilig, und dann mein Problem ..."

Sie nannte ihre Sucht nur „ihr Problem".

„Christine Sahl interessiert mich nicht." Ich wusste nicht, ob sie wusste, dass ich log.

„Gleichaltrigkeit ist in der Ehe ganz gut, meine ich. Ich mag es nicht, wenn die Generationen aufeinanderstoßen." Sie kam auf mich zu und legte ihre Arme um meinen Hals.

„Ich bin keine von den Frauen aus Christines Vorlesung", sagte sie, „die die Männer unterwerfen wollen. Du weißt doch, dass ich dich gern habe. Bist du eigentlich zufrieden?"

„Da brauche ich nicht groß zu überlegen", sagte ich, „du bist so schmal geworden."

„Der Ausflug nach Münster hat mir gutgetan, und der Vortrag war auch nicht so schlecht."

Ich nahm ihr Lächeln als Aufforderung und gab ihr einen Kuss.

„Das hast du schon lange nicht mehr getan", sagte sie, „demnächst fange ich noch an zu stricken! – Warst du auch offen?"

„Offener geht es gar nicht!"

„Sicher bist du enttäuscht, weil ich nicht mehr praktiziere ...", sie zögerte, „und weil ich dieses Problem habe."

„Unsinn", sagte ich, „wir drehen uns im Kreis. Die Sucht ist eine Erkrankung."

Ich sah sie an und dachte, sie denkt an Björn Nielsson. Dann aber wusste ich, dass es meine paranoide Fantasie war, durch Goethes Wahlverwandtschaften angeregt. Ich blickte auf ihre Fingernägel und sah, dass sie abgekaut waren.

„Was Glück ist, weiß ich nicht", sagte sie, „aber was Zufriedenheit ist."

Das Gespräch war das offenste gewesen, das wir in den letzten Monaten geführt hatten. – So offen war es nun auch wieder nicht. – Aber für Lissys Verhältnisse schon.

KAPITEL 10

Wir beschlossen, Doktor Scheerbarth, er war seit neuestem Professor, zum Tee einzuladen, nachdem wir uns zu einer Paartherapie nicht entschließen konnten. Lissy hatte Apfelstreusel gebacken, und Scheerbarth erschien um halb fünf, ganz pünktlich. Er war vielleicht dreiundsechzig. Gab sich in Kleidung und Habitus aber viel jünger. Er hatte schon weißes Haar, kurzgeschnitten, trug einen leichten grauen Anzug über offenem Hemd und spitze, modische Schuhe. Er wirkte, als wolle er unbedingt dazugehören. Er setzte sich bequem in einen der Korbstühle, schlug die Beine übereinander, so dass man sehen konnte, dass er auf Socken verzichtet hatte. Er wollte dieses jugendliche Flair. Er hatte uns seine zwei letzten Bücher mitgebracht, „Lebensläufe" und „Krisen des Paares". Ich blätterte in den Büchern und stellte fest, dass sie nur aus Briefen bestanden, die Klienten ihm, nach gelungener Therapie, geschrieben hatten. Ich legte die Bücher sofort auf unseren Glastisch. Scheerbarth sprach dem Apfelkuchen meiner Frau wacker zu und nahm mehrere Tassen Darjeeling. Das Gespräch drehte sich zunächst um gesundes Leben, er zeigte es ja durch seine Füße, und die Frischkost von Bruker, von der er sehr viel hielt. Ich fragte ihn, was er vom Zustand meiner Frau halte, die seit ein paar Tagen trocken war, und überhaupt von unserer Ehe.

„In der Ehe ist es wichtig, der verborgenen Aggressivität einen unschädlichen Abfluss zu verschaffen", sagte er, zu meiner Frau gewandt, „Sie tun das mit Alkohol, andere versuchen es durch Seitensprünge oder berufliche Aktivitäten. Eine solche Verarbeitung kostet im Allgemeinen viel Zeit und endet letztlich niemals."

Ich sagte: „Ist das alles, was Sie mir sagen können?"

„Alkohol wie Seitensprung beruhen beide auf der Angst vor einer übermächtigen Umarmung. Gehen Sie mit Ihrem verdrängten Hass besser um! – Einige", hier sah er meine Frau an, „scheinen den Alkohol unbedingt nötig zu haben, um ihren Hass entladen zu können!"

„Es ist eine Sucht", sagte ich.

Lissy sagte gar nichts.

„Wie dem auch sei", fuhr er fort, „sagt mir nichts gegen die Ehe. Sie ist das beste und tiefste, was unsere Gesellschaft hervorgebracht hat. Wenn ich kein Psychiater wäre, würde ich sagen, sie ist ein Sakrament!"

Wollte er etwa Mittler spielen? „Sie machen aus Lissy einen Fall", erwiderte ich, „einen schweren!"

„Wer es sich erlauben kann, Schuld und Verfolgung auf sich zu ziehen, wird zum besten Mittel für den anderen, sich selbst davon zu befreien!"

„Das sind doch Sophismen", erwiderte ich, „sagen Sie mir etwas Handfestes, etwas womit man das immerwährende Abgleiten in den Griff kriegen kann."

„Das Gefühl, den anderen zu besitzen, kann infolge mangelnder Unterscheidung zwischen mir und dem anderen zustande kommen."

Ich hatte Wut bekommen, stand auf und lud Lissy und Scheerbarth ein, in den Vorgarten zu kommen und sich die Azaleen anzusehen.

Er schwang seine strumpflosen Füße, modern living, und Lissy folgte ihm. Wir sahen uns alles an, und Lissy lud ihn zum Abendessen ein. Natürlich blieb er. Und das überbackene Schweinelendchen auf Toast, das Lissy vorbereitet hatte, kam gut bei ihm an.

„Ihre Frau erzählte mir, dass Sie einem interessanten Pärchen wiederbegegnet seien. Flüchtige Bekannte aus der Studentenzeit. Behalten Sie den Kontakt. Aber lassen Sie ihn nicht ausufern wie in Goethes Wahlverwandtschaften!"

Diese Warnung hatte ich mir schon selbst gegeben. Gedankensünden waren eigentlich gar keine.

„Ich glaube", sagte ich, „dass Goethe in den Wahlverwandtschaften nur etwas von dem Geheimnis durchscheinen lassen wollte, das über uns waltet! – Mehr nicht! – Keine Gesetzlichkeit!"

Das war Scheerbarth zu wenig psychoanalytisch. Er hätte mit seiner Begrifflichkeit gerne noch weiter das gemacht, was er Eindringen nannte. Aber ich ließ mir kein Wort mehr entlocken, und so schwieg er auch. Ich wollte meine Ehetherapie nicht in mein Wohnzimmer verlegen. Und wenn es das war, was ich in den Sitzungen zu hören bekommen würde, hatte ich sowieso keine Lust mehr. Ich wusste, dass man die Innenwelten so und anders encodieren konnte. Das würde meine letzte Begegnung mit Scheerbarth sein, meine Frau brauchte ihn aber weiter. Es hätte nur gefehlt, dass er gesungen hätte: „Menschen, Menschen sind wir alle!" – Christine Sahl war ein solcher Mensch nicht. Sie wollte „eckig" sein und den Männern zeigen, dass sie auch ohne diese leben konnte. Überhaupt Christine Sahl und Björn Nielsson! – Christine telefonierte jetzt öfter mit Lissy, und Björn rief mich an. Was wollten die von uns? – Ich wusste es auch nicht. Aber der Kontakt war mir auch nicht zuwider. Ich ging jetzt nachmittags mit

Lissy in die Vorstadt. Wir kauften Lebensmittel ein und sprachen mit den Leuten, die wir kannten. Mittags kochten wir abwechselnd.

Ich wäre als Junge auch gern so durch die Vorstadt gestrichen, aber wir wohnten weit draußen in der LHG von Margendorf. Isoliert! – Wenn ich in die Stadt wollte, fuhr ich mit dem Bus zu Günther Grassl in die Casinostraße. Erst sah ich aus dem Fenster und hörte mir an, was man tun müsse, um ein Mädchen zu gewinnen: interesseloses Tun, sie nicht beachten und sie trotzdem nicht aus den Augen lassen, eine zufällige Begegnung nutzen. Wir gingen bis zur Hildaschule in der Kurfürstenstraße und sahen uns die an, die vom Nachmittagsunterricht kamen. Aber jemanden anzusprechen trauten wir uns nicht. Wir liefen durch die Stadt und gingen in die „Milchbar" in der Apollopassage, und ich versteckte die Mütze, die mein Vater mir aufgedrängt hatte. Elvis war wieder am Zuge, und wer ihm ähnlich sah, hatte Chancen. Die Freundin meiner Schwester schnappte sich tatsächlich einen, der aussah wie Elvis. Ich trug auch schon Rock'n'Roll-Schuhe. Alles andere an meinem Outfit war aber altmodisch, und Günther Grassl hielt jetzt Abstand zu mir, um sich nicht zu kompromittieren.

Vor einigen Wochen, an einem sonnigen Tag, hatte ich zusammen mit Lissy meine Schwester in Alt-Muhl besucht, und wir sind noch mal durch die Apollopassage gegangen. Keine Milchbar mehr. Ein Kino und ein großes chinesisches Restaurant, Dynasty. Das Essen war ziemlich gut, und ungemein billig. Viele Schüler und Studenten, die mit uns speisten. Draußen war es hell, und ein paar Düsenjäger vom nahen Flugplatz Büchel zogen am Himmel ihre

Bahnen und Kondensstreifen. Ich fühlte mich rege und heimisch in Alt-Muhl. Ich, jetzt ein Düsseldorfer! Während unseres Dahinscharwenzelns durch die Fußgängerzone fiel mir auf, wie sehr sich Alt-Muhl verändert hatte. Überall ein Geldautomat und wo ich mich früher mit meiner ersten Freundin getroffen hatte, war jetzt ein McDonalds. Die Menschen trugen fast nur Turnschuhe von Nike oder Asics.

Über die Autobahn sausten wir wieder zurück, quer durch die Eifel, in Maria Laach Rast machen. Es war Spätsommer, und wir gingen bis zur Blockhütte, aßen ein Stück Kuchen und setzten uns wieder in meinen Passat. Düsseldorf hatte uns wieder.

KAPITEL 11

Ich war mit meinem Roman fortgeschritten, denn Lissy hatte mir in letzter Zeit wenig Sorgen gemacht. Ich musste die vier Protagonisten dirigieren, wie Goethe die seinen in den Wahlverwandtschaften. Ein Abklatsch konnte mein Buch sowieso nicht werden, dazu war Goethes Roman viel zu unnatürlich. Meine vier waren Angestellte aus dem Mittelstand, die sich ineinander verhaspelten. Mir schwebte sogar Vermischung vor. Aber eine solch präzise und klare Sprache wie Goethe wollte ich auch verwenden, dazu Überblick und Kenntnis des Lebens. Nur glaubte ich, dass das Gleichnis von den Wahlverwandtschaften der chemischen Stoffe Goethe mit sich fortgerissen hatte. Es war nur diese glänzende Idee, um derentwillen Goethe das Buch zusammenkonstruiert hatte. Meine Helden waren Beamte der Stadtverwaltung Alt-Muhl, die sich beim Kegeln zusammengefunden hatten. Sie waren als Vernunftwesen konzipiert und sollten trotzdem vor eine leidenschaftliche Notwendigkeit gestellt werden. Auch sie sollten sich täuschen und die wirklichen Zusammenhänge verkennen. Das Buch sollte zeigen, wie der Zufall alle Arten von menschlichen Beziehungen regierte. Nicht die Wissenschaften. Symbolik sollte es überhaupt keine geben. Zeichen ja, und sie würden von den Figuren auch in falscher Weise ausgelegt. An eine höhere Bestimmung konnte ich, der sich lange mit Kosmogonie befasst hatte, nicht glauben. Aber wie den Figuren in den Wahlverwandtschaften fehlte es den meinen an der Fähigkeit zur gegenseitigen Verständigung. Wie Goethe wollte ich den Leser mit dem Geschehen und allen Ambivalenzen alleinlassen. Je zwei in meinem Buch sollten miteinander verheiratet sein, aber keine erfüllte Ehe führen. Vielleicht würden sie in einem Swinger-Club enden! An eine sittlich unantastbare Weltordnung glaubte heute keiner mehr! – Vielleicht keiner, außer mir. Ich halte die Ehe für „natürlich", obwohl sie in der „Urhorde" wahrscheinlich nicht vorkam. Einen rücksichtslosen Typen wie Goethes Eduard wollte ich nicht zeichnen. Und Magnetismus sollte auch nicht vorkommen, auch keine Uneigennützigkeit! – Eduard, der Held der Wahlverwandtschaften, war ein Müßiggänger, und Mittler erinnerte mich irgendwie an Doktor Scheerbarth. Erotik wollte ich ganz weglassen, bis vielleicht auf ein paar Andeutungen im Swinger-Club. – Während ich darüber nachdachte, kam ich nicht auf die Idee, die Viererkonstellation, die in meinem eigenen Leben aufgetaucht war, in meine Überlegungen einzubeziehen. – Ich war mit Christine Sahl selbst in eine Art Wahlverwandtschaft geraten und weigerte mich damals, mir das einzugestehen. Für Goethe waren die „Gesetze", wonach die Protagonisten in dem Roman handelten, so essentiell wie Newtons Fallgesetze. Er blätterte den Schöpfungsplan auf, wie Christine Sahl in ihrer Antrittsvorlesung.

„Die Wahlverwandtschaften sind doch reine Esoterik", hatte Björn Nielsson einmal gesagt. Vielleicht war es auch leichter zu leben, wenn man an diese esoterischen Gesetze über sich glaubte. Der Mensch braucht Sinn, sonst wird die Welt zum Albtraum. Und Sinn geben die „Gesetze". Goethe hatte Angst vor diesem Albtraum, und so erfand er die Wahlverwandtschaften. Die Leidenschaften waren chemische Stoffe, worin sich das Fatum oder die Lebenswirklichkeit offenbarte. Die „Gesetze" waren eine platonische Idee, in denen die Wahrheit und das Leben sich offenbarte. Sie standen „über" dem Einzelnen, wie der Same „über" der Frucht steht. Es musste „Ordnung" geben, sonst war das Leben sinnlos für die ambivalente Persönlichkeit Goethes. Aber der Roman war immer noch eine Kunstschöpfung, und nicht Wirklichkeit. – Und Goethe hat an ein gesetzmäßiges Schicksalswirken nicht geglaubt, er hat es fingiert. Das „Weltgesetz" hat damals auch der Ungeist für sich in Anspruch genommen. Aber, so Christine, Luhmanns Systemtheorie lehrt uns, dass wir in ein System übergeordneter Kräfte eingegliedert sind. Luhmanns abstrakte Formeln sind identisch mit Goethes „Naturerlebnis". Und verlässt man das System, verlässt man seine eigene Mitte. Nach Goethe gibt es dagegen nur ein Mittel, die Ehe, um Tiernatur und Gottnatur zu versöhnen und „kosmisch" zu werden. Oder aber die Entsagung, den freiwilligen Verzicht auf das Ausleben der persönlichen Begierden und Leidenschaften. – Ich hatte nicht vor, zu entsagen, Lissy nicht und Christine Sahl und Björn Nielsson ebenfalls nicht.

KAPITEL 12

Christine Sahl kam jetzt öfter nach Düsseldorf, und wir unternahmen viel zu viert. Wir gingen ins „Haus der Uni" am Schadowplatz, ins Kommödchen oder fuhren gemeinsam nach Essen ins Folkwang-Museum. Lissy mochte die Oper, die in Düsseldorf noch traditionell war. Christine interessierte sich für alternative Kunst und lockte uns ins Capitol. Wir sahen zu viert eine Flamenco-Show mit Maria Serrano. Ich hatte vorher noch nie Flamenco gesehen, höchstens einmal im Fernsehen. Wir saßen im Parkett, und die Füße der Tänzerin trommelten auf den Holzboden. Ihre schlangenartigen Armbewegungen begleiteten sie. Aus dem Dunkel kam ein Tänzer und bewegte sich konzentrisch auf sie zu. Beide wurden immer schneller und endeten in einem wilden Stakkato. Karneval gingen wir zu viert auf einen großen Ball in die Rheinterrasse, gegenüber dem Kunstmuseum, direkt am Rheinufer. Die Rheinterrasse wirkt wie ein opulentes Opernbild. Die Schiffe auf dem Rhein konnte man durch die großen Fenster sehen. Der Ball fand im Gelben Salon statt. Ich war mit einer alten Studentenmütze und T-Shirt gekommen, Lissy als Kräuterweib. Christine kam in Herrenkleidung und Björn Nielsson als Frau. Wir mischten uns in den Kessel der Tanzenden, tanzten, jeweils gemischt, miteinander und warteten auf die Show von James Last. Zwischendurch mussten wir eine Menge Leute begrüßen, denn Christine Sahl und Björn Nielsson waren beide im Lions-Club. Im Silbersaal gab es ein Abendessen, noch reichhaltiger als im Le Doc. Danach ging es wieder zum Tanz. Ich wunderte mich, dass Lissy das alles mitmachte und auch dem Sekt nicht im Übermaß zusprach. Zeitweilig, ich tanzte gerade mit Christine, hatten wir die beiden anderen im Gewühl verloren. Christine drängte sich an mich, jetzt wo uns Björn Nielsson nicht mehr sehen konnte. Wo waren die beiden geblieben? Christine machte sich scheinbar Hoffnungen, aber ich wollte, zumindest hier in dem Gedränge nichts wieder aufleben lassen. Schließlich fanden wir die beiden anderen doch.

„Wo steckt ihr denn?", rief Björn Nielsson.

„Das kostet Nerven", sagte Lissy und sah schuldbewusst drein.

„Hier haben wir ja zwei Frauen", sagte ich.

„Ich kann nichts Komisches daran finden", sagte Björn Nielsson.

Warum war er denn als Frau gekommen? – Obwohl ich seinen Mut zur Travestie bewunderte.

Lissy wurde verlegen, Christine nicht.

Wir gingen zusammen an die nächste Bar und nahmen uns noch einen Sekt.

„Haltung!", rief Björn Nielsson.

„Ich habe tatsächlich Ballfieber", antwortete Lissy, die von dem Abend ganz beeindruckt war und sich bei Björn Nielsson eingehängt hatte.

Christine Sahl hängte sich auch bei mir ein.

„Wir tanzen noch ein bisschen", rief sie Björn Nielsson und Lissy zu und schleppte mich wieder ins Gewühl.

Ich spürte, dass Lissy eigentlich keine Lust mehr hatte, obwohl sie sich bei Björn Nielsson eingehängt hatte.

„In einer Stunde an der Garderobe", rief ich den beiden zu. Dann verschwanden sie, zwei Frauen zwischen den Tanzenden. Ich hatte mit Christine jetzt noch eine Stunde.

Langweilen würde ich mich, bei ihrem Entgegenkommen, nicht. Wir landeten in einer Saalecke. Wie merkwürdig sich die Musik hier, weitab von der Band ausnahm, besonders die Saxophone und die Trompeten. Bigband. Das mochte ich eigentlich nicht, aber man konnte danach das tun, was man hier Tanzen nannte.

„Gefällt es dir?", fragte Christine Sahl.

„Ganz nett", sagte ich.

Wir sprachen keine Sekunde darüber, dass wir jetzt eine Stunde für uns hatten. Das heißt, ich hatte diese Stunde. Christine Sahl schien nur die Karnevalatmosphäre und den Tanz zu genießen, obwohl man hier nur eng aneinandergedrückt wurde.

„Allein, bedenkt, die Welt ist heute zaubertoll", rief ich ihr das Goethe-Zitat zu.

Sie verstand mich nicht.

„Wir müssen uns einmal allein treffen", sagte sie.

„Und dann?"

„Gib mir doch mal 'nen Kuss", sagte sie.

Ich küsste sie auf die Wange.

„Björn mag Lissy", sagte sie.

„Ich mag sie auch!"

„Magst du mich auch?"

„Du bist eine Klasse zu weit weg von mir!"

„Aber nicht hier!"

„Wir haben eine Stunde, und die wollen wir in aller Zweisamkeit zusammen verbringen!"

Sie versuchte beim Tanzen, ihren Unterleib fest gegen meinen zu pressen. Ich ging darauf nicht ein.

„Woran schreibst du gerade?"

„So was wie die Wahlverwandtschaften."

„Wir sind ja auch vier! – Kreuz und quer!"

Das hätte ich ihr nicht zugetraut.

„Ich bin gar kein richtiger Schriftsteller", sagte ich, „ich schreibe nur zu meinem Vergnügen."

„Wie reizend", sagte sie, „ich würde auch gern schreiben."

Ich wusste, das war der geheime Wunsch eines jeden Wissenschaftlers. Ich hatte diese Leute kennengelernt, wie sie sich zu Schullesungen drängten, aber keinen Verlag fanden. Heute verlegte man einfach bei Books on Demand und bei der Landpresse.

„Kennst du jemand aus der Szene?"

„Ich kenne niemand", sagte ich, „und habe alle Vernetzungen aufgegeben. Die Bücher über kreatives Schreiben kannst du vergessen."

„Ich schreibe Gedichte", sagte sie, „oh Traurigkeit Zeit, und so!"

„Versuchs doch mal bei der Landpresse, da habe ich auch schon ein Bändchen rausgebracht."

KAPITEL 13

Wir taumelten wieder ins Gewühl. Die eine Stunde war fast vorbei, und wir bahnten uns unseren Weg zur Garderobe. Björn Nielsson und Lissy warteten schon. Björn hatte die Garderobenmarke. Mich rührte und besänftigte der Gedanke, dass Christine Sahl Gedichte schrieb, und ich stellte sie mir in ihrer Professorenwohnung im Dämmerlicht an ihrem Schreibtisch vor. Vielleicht war sie ja begabt, und die ganze Wissenschaft war nur ein Übersprungreflex!

Ich hatte kaum getrunken und fuhr die beiden nach Meerbusch. Christine übernachtete bei Björn Nielsson. Aber das berührte mich gar nicht. – Hatte sie etwas von mir gewollt? Ich war nicht mutig genug gewesen, deutlich zu antworten, und wir waren ja unter den Tanzenden. Christine Sahl war, nach den üblichen Maßstäben attraktiver als Lissy. Aber zu Lissy zog mich ein breiter Gefühlsstrom hin. Sie war meine Frau. Und obwohl ich an die dummen Sätze Scheerbarths dachte, glaubte ich an die Ehe. Lissy war suchtkrank, wenn auch nur partiell, und brauchte mich. Da konnte das psychoanalytische Geschwätz Scheerbarths daherkommen, wie es wollte. Ehe, das ist auch ein Sich-Kurzschließen. Geheimes Einverständnis. Dazu kam, dass ich von Lissys Beruf mehr hielt, als von Christines, obwohl sie Professorin war. Ich hatte allerdings in Lissys Familie hineingerochen. Die stellte die gesamte Familientradition über Recht und Gesetz. Warum sollte sich Lissy also nicht betrinken dürfen? Sie tat, was sie wollte und was ihr Vater schon ab und zu getan hatte. Die Flasche Edelkirsch hatte nicht umsonst im

Büfett gestanden. Trinken war Familientradition, dagegen kam keine gesetzliche Prohibition an. Alkohol stand in jedem Supermarktregal. Die Kneipen in der Altstadt waren immer offen.

* * *

Wir wachten gegen Mittag auf und gingen zusammen in den kleinen, nahen Supermarkt. Ich fühlte mich im Bild wie in einer Kleinstadt, dabei war ich in der Landesmetropole. Hier würde ich mit meiner Frau die Zeit bis zum Ende meines Lebens verbringen. Der Asphalt, die engstehenden Häuser! – Ich hatte Lust, die Stadt zu Fuß zu durchqueren. Zu meiner Schule in Ratingen war es mit dem Auto eine halbe Stunde. Trotzdem sehnte ich mich manchmal nach dem Ort meiner Jugendjahre, Alt-Muhl. Ich hatte mich von Alt-Muhl emanzipiert! – Oder nicht? Doch, allein schon durch die große Wohnung, die Lissy geerbt hatte. Bilk lag zentral, und viel war von hier aus zu Fuß zu erreichen. Und das Stadtleben tat mir gut. Man war hier weniger beeinflusst als in Alt-Muhl. Kino (obwohl wir Filme fast nur noch auf DVDs schauten), Kneipen, die Tram. Mein Kindergedächtnis hatte abgedankt. Das Unbehagen, das mich in der Innenstadt von Alt-Muhl angeflogen hatte, war hier verschwunden. Die vier Mittelgebirge mit den großen Wäldern und die Eifelmaare fehlten mir. Ein kurzer Aufenthalt dort hätte mir genügt, um meine Stimmung für Wochen zu verbessern. Aber die Schule hatte wieder angefangen. Neues Lebensgefühl? – Darüber kann ich nur lachen. Wenn Lissy zu tun hatte, fuhr ich nach Süden, nach Holzheim, Reuscheberg und Weckhoven. Diese drei Ortsteile gehörten schon zu Neuss. Das kreative Schreiben an der Uni hatte ich abgebrochen. Ich hatte keine Lust, mich Regeln zu beugen, die die Verfasser der Lehrbücher selbst nicht einhielten. Aber ich hörte in eine Vorlesung von Professor Wandmann hinein, über Heine, der mir zwar frech, aber seltsam unbestimmt vorkam. Ich glaube, dass Wandmann Heine gerecht wurde. Er behandelte ihn als Wissenschaftler, aber irgendetwas in mir sperrte sich dagegen, Heine der Wissenschaft zu überlassen. Ob er selbst das überhaupt gewollt hätte? – Heine war ein Sohn Düsseldorfs, wie ich recht spät einer geworden war. Napoleons Feldzüge hatten es Heine gestattet, sich zu emanzipieren und seine ungeheure Begabung auszuleben. Heine und Düsseldorf! – Darauf stürzten sich jetzt viele Lokalgermanisten und Regionalforscher. Ich mochte Düsseldorf schon allein deswegen, weil Heine hier aufgewachsen war. Ranitzki hatte Heine zum Fall erklärt. Aber er war keiner. Sein Genie war ihm angeboren. Schon an der Uni Göttingen, wo er Jura studiert hatte, hatte er seine Verse in die Holzbänke der Hörsäle geschnitzt. Goethes Wahlverwandtschaften waren in meinem Kopf. Aber Heines Gedichte waren besser, viel pointierter, humorvoller und witziger. In Goethes Gedichten gab es weder Witz noch Humor. Wie konnte man eine Ballade wie „Die wandelnde Glocke" schreiben? Höchstens um kleine Kinder zu erschrecken. Ja, manchmal spann Goethe! – Oder er schreckte vor nichts zurück, um jedwede Obrigkeit zu rechtfertigen. Das war auch der Clou in den Wahlverwandtschaften, nur dass dort die „Obrigkeit" überpersönliche und übernatürliche Gesetze waren. Beide, Heine wie Goethe, kamen aus einer Großstadt. Düsseldorf und

Frankfurt. Aber Heine war Jude, und das prägte sein ganzes Leben. Goethes Leben stand unter einem günstigeren Stern, wenn es auch schwieriger war. Aber er hatte in Weimar alle seine Talente entfalten können und gehörte sicher zu den größten und sprachmächtigsten Menschen nach Jesus und Luther.

Ich sprach mit Lissy darüber, und sie stimmte mir zu: „Ich weiß sicher nicht so viel von Goethe, aber sein „West-östlicher Diwan" liegt bei mir auf dem Nachttisch! Goethes innerer Ernst und Heines großartige Spottlust, die gefallen mir beide!"

Obwohl Goethes Roman das Motiv zu meinem nächsten Buch ergeben sollte, konnte ich beide gut zusammenbringen. Heine hatte, schon vor seinem Pariser Exil, vor Goethe immer den Hut gezogen und ließ Zeit seines Lebens nichts auf ihn kommen. Beide waren knapp durch eine juristische Staatsprüfung gerutscht. Goethe zum Lizenziaten, Heine zum Dr. jur. promoviert. Nur Goethe hatte, wenn auch am Rande, in dem Metier gearbeitet. Aber beide waren Dichter geworden. Wahrscheinlich die beiden größten, die Deutschland je hatte.

Meine offenen autobiografischen Büchlein hatte in Alt-Muhl niemand gewürdigt. Und ich hatte wieder zu schreiben angefangen. Jetzt aber wie jemand, der auch in den Zwanzigerjahren Leser hätte anziehen können. Gundolfs Einteilung von Goethes Werken in lyrische, symbolische und allegorische Dichtungen begeisterte mich. Dass die Schwingungen eines Ichs untereinander alle nach einem bestimmten Gesetz verwandt sind, war mir schon längst klar geworden. Aber Gedichte hatte ich mit neunzehn geschrieben, angespornt von Rotwein und Rebuso-Tabletten.

Es waren schlechte Nachahmungen Goethes. Aber mit Dante und Shakespeare wagte ich sie nicht zu vergleichen. Also auch keine symbolische Dichtung. An Allegorien war überhaupt nicht zu denken. Bildungsstoff wollte ich nicht bewältigen. Mir blieb also nur die Psychoanalyse, um mich herauszustellen. Das Bekenntnis, das Privat-Persönliche und die Innenwelten. Die Alt-Muhl Zeitung hatte ein frühes Produkt von mir als „zerrissen" bezeichnet. Gott sei Dank war ich wenig später nach Düsseldorf gezogen. – Von den Lyrikern des 20. Jahrhunderts gefiel mir nur Stefan George. Er hatte mit „Wir jagen über weiße Steppen" ein Gedicht geschrieben, in dem ich mich wieder erkannte. – George war auch Goethe-Verehrer gewesen. Das Gedicht, das in metaphorischer Verkleidung eine winterliche Eisenbahnfahrt von München nach Minusio in Italien schildert, hatte mich mein ganzes Erwachsenenleben hindurch begleitet. Das Gedicht war ein vorgedankliches Eintauchen in die Einheit von Seele und All, jenseits von Raum und Zeit. So etwas hätte Goethe nie gekonnt. „Die bei den Göttern geschlafen haben", hatte Schwingel damals vom Katheder doziert. George hatte die weiten seelischen Räume gesucht und gefunden. Etwas Wahnsinn war auch dabei. Aber die Deutschen liebten ihre Wahnsinnigen. Mit den Zyklen nach „Pilgerfahrten", aus denen mein Gedicht stammte, konnte ich nichts mehr anfangen. Algabals brutales Ästhetentun stieß mich ab.

KAPITEL 14

Im Sommer spann sich immer mehr der Gedanke fest, zu viert ans Ijsselmeer zum Segeln zu fahren. Es dauerte einige Zeit, bis wir über die Agentur ein Boot samt Skipper gechartert hatten. Dann war es so weit. Wir fuhren mit Björns Jaguar vormittags in Düsseldorf los und waren nach dem Mittagessen in Lemmer. Wir ließen das Auto in Lemmer stehen. Auf dem Kai hatten der Skipper und seine Frau schon die Lebensmittel gestapelt, die wir für den Törn brauchten. Wir gingen zusammen hinüber. Das Schiff hieß „Twee Provinzien" und war ein mittelgroßer Einmaster. Ich fragte den Skipper, wie wir zu viert dieses Boot händeln sollten. Er erwiderte, das schaffe er sogar allein mit seiner Frau Jitzke. Auch sein dreijähriger Sohn war mit an Bord. Überall waren Planken und Leinen. Die Schlafplätze wirkten wie kleine Sargschubfächer. Jede für sich und entsetzlich heiß. Die „Twee Provinzien" war ein Flachwasserboot, fast ohne Kiel und konnte deshalb nicht so leicht auf Grund laufen. Ein sogenannter kleiner Botter, der ohne weiteres trockenfallen konnte und aussah wie ein altes Piratenschiff. Der Skipper hieß Max, seine Frau Jitzke und sein dreijähriger Sohn, der auch mitfuhr, Edwin. Max war Gymnasiallehrer gewesen wie ich und war mit der Schule in den Clinch gegangen. Er war ausgestiegen, um, wie er sagte, „nach innen" zu gehen. Er wollte „zu sich selbst" kommen, zusammen mit seiner Frau und dem Kind in der Weite des Meeres. Er war ein großer, schmaler, ruhiger Mann. Nur einmal habe ich ihn aus der Haut fahren sehen, als er das Kind mit freiem Oberkörper trug und dieses ihm plötzlich in die Brust biss. Da schlug er zu. Er war ein Menschenbeobachter und Menschenkenner. Nach zwei Tagen sagte er mir, mit Christine sei „etwas nicht in Ordnung". Ich hatte Christine nie anders als mit den Augen des Mitstudenten und ehemaligen lockeren „Freundes" gesehen. Wie sie auf andere wirkte, darüber hatte ich mir noch keine Gedanken gemacht. Ich sah aber, wie der Skipper sie beäugte, wenn sie bei wenig Wind im Badeanzug in der Sonne auf dem Deck lag. Wir kochten abwechselnd für den Skipper und seine Frau von den Lebensmitteln, die wir mitgenommen hatten. Obst und Gemüse kauften wir in den Häfen. So saßen wir abends zusammen in der großen Kajüte, und Max wartete darauf, dass aufgetragen wurde. Die Sachen waren lecker, und er und seine Frau aßen gerne mit. Wir waren sechs. Das Kind schlief schon. Max hatte einen Cagliostro-Roman im Selbstverlag herausgebracht und sprach gern darüber. Cagliostros Reise durch die europäischen Höfe des 18. Jahrhunderts seien eine Suche nach sich selbst gewesen. Cagliostro war ja auch allein mit seiner Frau aus Italien ins Weite gezogen. Ein Kind hatte er nicht. Ich sehe mich selbst, wie wir von Lemmer durch die schmalen Kanäle ins Ijsselmeer kreuzen. Auf dem Schiff gab es nicht viel Platz, und wir versuchten, während Jitzke die Kommandos gab und uns anlernte, ihren Befehlen nachzukommen. Mehr schlecht als recht. Aber das Schiff nahm Fahrt auf. Jitzkes langes, blondes Haar wehte im Wind, und der fast dreijährige Junge turnte übers Deck. Ich ließ mich zusammen mit ihm von Max fotografieren. Das Ijsselmeer macht sich sein eigenes Wetter, sagen die Holländer. Zweimal gab es ein Gewitter mitten im schönsten Sonnenschein. Der Himmel wurde dunkel. Wolken türmten sich zu einer hohen schwarzen Walze.

Aber beide Male zog es schnell wieder vorbei. Auf dem Display von Max' Lumix sah ich dicker aus, als ich war, mit dem Schnurrbart, den ich mir seit vier Wochen hatte stehen lassen. Überall lagen, schlangenartig, die Taue. Wir setzten sogar das Ballonsegel. Einmal kam ein Motorboot der Wasserpolizei ganz nah an uns heran. Zwei Mann kamen herüber und prüften, ob alles in Ordnung war. Max war ganz gelassen. Ich habe noch ein Foto, das ich selbst gemacht habe, wo die fünf anderen mit dem Kind vorn am Bug sitzen und dem Wind standhalten. Wir wollten nichts, als beieinander sein und unsere Ruhe haben. So schön hatte ich mir Segeln nicht vorgestellt. Die Kajüte, die gleichzeitig Kombüse war, war ein schmaler Raum mit zwei Sitzbänken, auf denen man auch schlafen konnte. Bei heftigem Wind mussten wir alle Schwimmwesten anlegen. Es hätte eine Szenerie aus „Katz und Maus" sein können. Die Kajüte hatte ein Plexiglasdach, und manchmal sah man Christine und Björn von unten. Ein paar andere Segler begegneten uns. Vorn unter dem Bugspriet war ein Netz gespannt. Björn legte sich manchmal hinein und ließ sich von mir fotografieren. Ausgebreitet vor dem Bug, wirkten wir wie ein Räuberlager. Wenn es darum ging, die Segel einzuholen und einzurollen, halfen wir Jitzke heftig mit. Wenn wir an Land gingen, hüpften wir entweder über die Lücke zwischen Schiff und Kai oder gingen über eine schmalen Laufsteg. Einmal ankerten wir mitten im Meer und gingen schwimmen. In den Häfen ein Meer von Masten. Goethe war ein einziges Mal zum Segeln gefahren. Nach Sizilien hin und zurück. Als das Schiff auf der Rückfahrt in Seenot geriet und an einem Felsen zerschmettert zu werden drohte, meuterten die Passagiere gegen den Kapitän. Goethe hatte das sehr verärgert. Ein starker Mann sei ihm immer noch lieber als die Meute, hatte er in seinen Briefen aus Italien geschrieben.

Mit Zwischenstopp brauchten wir zwei Tage bis Stavoren, wo wir zwei Tage blieben. Dann wollten wir weiter nach Texel, wo wir uns ein wenig aufhalten wollten. Während wir in Texel waren, wendete sich Björn Nielsson mehr und mehr Lissy zu, während sich Christine zu mir hingezogen fühlte. Aber ich hatte das Gefühl, als habe es die Stunde allein in der Düsseldorfer Rheinterrasse nicht gegeben. Wir gingen zu viert über den weißen Strand, hinter dem sich die Dünen wie spärlich bewachsene Venushügel erhoben. Mir schien, als habe das Bild, das Christine Sahl jetzt in meiner Seele hervorbrachte, mit der Wirklichkeit von damals nichts mehr zu tun. Sie war zwar nicht mehr der Inbegriff der Seelenhoheit wie damals, aber es zog mich zu ihr hin. Ich war über fünfzig und versuchte, die Welt in meinem Inneren zu beherrschen, um daraus Literatur zu machen. Christine war ganz Herrin ihrer selbst, und es bestand keine Gefahr, dass sie meine Freiheit zerstörte. Ich hatte auch nicht vor, die Rechte ihres mit ihr „verbandelten" Freundes zu schmälern. Aber ich wusste, derjenige, der schreibt, ist im tiefsten Grunde antisozial, die Gesellschaft für ihn ein Gefängnis. Für Christine Sahl war die Gesellschaft kein Gefängnis, sondern eine Atmosphäre. Ich geriet in einen eigentümlich dumpfen Zustand. Wenn wir zu viert zwischen vielen anderen Strandwanderern am Meer entlanggingen, fanden sich die Paare so: Lissy und Björn und Christine und ich. Nur wenn wir auf den Holzdielen eines Strandrestaurants auf den weißen Plastikstühlen saßen und Gin Tonic tranken, überkreuzten sich die Wahlverwandtschaften. Und wir waren wieder die alten Paare. Nicht einmal ein Leuchtturm konnte uns ablenken. Oudischild hat alles, was man von einem niederländischen Hafenstädtchen erwartet. Fischkutter vor Anker, Fischrestaurants (ich aß ja keinen), grasende Schafe auf dem Deich, eine Windmühle. Ganz viele Lotsenhäuser! Wir sahen uns die Reede von Texel und die Seemannskirche an. Ab und zu aßen die drei anderen im Vispaleis geräucherten Aal, ich ließ mir ein Rührei bringen. Nachts schliefen wir an Bord der „Twee Provinzien", in den engen Schubfächern, den Schlafkojen. Jeder für sich. Christine wollte unbedingt noch zum Wasenbrunnen, wo sich die Ostindiensegler vor der langen Fahrt ihr Trinkwasser geholt hatten. Die Zeit verging langsam. Björn und Lissy verstanden sich gut, und ich fühlte mich immer stärker von Christine Sahl sozialisiert. Ich hatte das Gefühl, sie übe und läutere mich im Kampf gegen mich selbst. Unser Verhalten war vollkommen „rein", um so ein altes Wort zu gebrauchen. Von Leidenschaft keine Rede. Aber es war auch Instinkt, ein anderes Wort habe ich nicht dafür, was mich zu ihr hinzog. Wenn ich eine Grenze zu übertreten versuchte, antwortete sie mit Kühle. Aber ich spürte ihren Eros. An Lissy, die sich jetzt vollkommen Björn Nielsson zugewandt hatte, knüpfte mich trotzdem ein starkes Band. Sie war meine „Huldin"! Ich hatte das Gefühl, dass etwas Dumpfes aus dem Dunkeln ins Helle trat, ja, dass dort beide Zustände nebeneinanderher dämmerten. Seelenwanderung? – Die gab es gar nicht! – Traum und Wachen! – Es war ein Gefühl der Hoffnung, der Angst und des Wiederfindens, das ich auch damals nach jedem Treffen in meinem Zimmer im Ulrich-Haberland-Haus gehabt hatte. Es gab keine Zukunft, und die Vergangenheit war wieder lebendig geworden. – Nähe und Ferne! – Ein Paradox, das die animalische Logik nicht kannte. Ich spürte Vitalität und geistige Klarheit. Christine und Lissy schien es ebenso zu gehen. Björn Nielsson nicht! – Befreiung! – Aber wovon?

KAPITEL 15

Die Zeit verging schnell, und auf der Rückfahrt kamen wir in einen Sturm. Wir wurden alle vier seekrank. Aber Lissy hatte Nautisan-Tabletten dabei. Max und Jitzke und das kleine Kind hatte es nicht erwischt. Sie waren offenbar an Stürme gewöhnt. Zu Hause ging der alte Trott weiter. Ich musste in die Schule, und Lissy hatte doch ihre trockenen Phasen, wie auf der Insel. Ich rief jetzt einmal in der Woche Christine Sahl in Münster an, wenn ich wusste, dass Björn Nielsson nicht da war. Wir unterhielten uns ziemlich lange. Und Lissy, die das mitbekam, schien das nicht zu stören. Unsere Gespräche drehten sich hauptsächlich um die Bücher, die wir gelesen hatten, sie las mehr als ich. Und sie wählte ihre Bücher nach der „Sprache" aus und nannte sie „Texte".

Einmal rief sie an und verabredete sich mit mir im Café Heinemann in der Bahnstraße, bevor sie zu Björn ging. Lissy war am Apparat gewesen und hatte sie ohne Zögern an mich weitergereicht.

„Björn und ich, wir haben uns verlobt", sagte sie, als sie mir an einem der Marmortischchen gegenübersaß.

„Ach", sagte ich, als hätte ich es geahnt.

„Es ging nicht anders. Als Single kommen wir beide an der Uni nicht weiter."

„Ich weiß, wie es an der Uni zugeht." Ich erinnerte mich an Professor Wandmann.

„Ihr seid natürlich zur Feier eingeladen, bei Björn in Meerbusch."

„Wann soll es denn sein?"

„In drei Wochen. Einfache Abendgarderobe!"

Ich musste das sofort Lissy erzählen, die die Nachricht vollkommen ausdruckslos hinnahm. Als wäre sie damals nicht mit Björn, wie mutterseelenallein, durch die Dünen von Texel spaziert. Sie mochte Björn Nielsson, und ich mochte Christine Sahl. Vielleicht hatte ich, tief im Inneren, geglaubt, die Gelegenheit vor fünfundzwanzig Jahren könne man wiederholen. Ja, irgendwie hatte ich davon geträumt. Aber jetzt musste ich mir ein Verlobungs-, noch nicht Hochzeitsgeschenk besorgen.

„Das wird doch schön", sagte Lissy wieder ziemlich ausdruckslos.

„Wir brauchen ein Geschenk."

„Eine neue Kaffeemaschine", sagte Lissy, „da haben sie was, wenn sie morgens aufstehen! Wir können übrigens auch eine gebrauchen. Unsere ist kaputt!"

Die drei Wochen vergingen schnell. Björn Nielssons Wohnung in Meerbusch lag etwas zurückgesetzt in einem feinen Klinkerbau mit Reetdach. Er wohnte im Erdgeschoss, sein Vermieter im ersten Stock. Die ganze Wohnung war voll mit Interlübke, weiß und grau. Unsere Cor-Liege stand auch mitten im Raum, aber in dunkelgrauem Stoff. Die Pflanzen waren künstlich. Stefan George, dachte ich, Algabal: „Mein Garten bedarf nicht Luft und nicht Wärme ..." Es passte zu ihm. Linguistik-Professor. Sprachwissenschaftler.

Es waren noch ungefähr zehn, elf andere Leute da. Wir suchten uns einen Platz auf einem Sessel in der Ecke. An den Wänden in grün gehaltene Acrylporträts von einem Amateur. Seine Ahnen? – Begrüßungscocktails wurden herumgereicht. Lissy wollte Sekt. Ich trank etwas mit Maracuja. Christine Sahl stand an der langen Tafel und

ordnete die Namensschilder für die Gäste. Alle mit Vorna-
men. Die Gesellschaft vermischte sich noch einmal, dann
nahmen alle Platz. Eine Catering-Firma brachte die vier
Gänge ins Haus. Vorspeisen-Variation, Fenchelsuppe mit
Croutons, Wiesenlammkeule mit Tomaten Provencale,
Kartoffel-Zucchini-Gratin, Joghurt-Eis-Terrine mit Rha-
barber und Erdbeeren.

Wir wurden so satt, dass uns fast übel wurde. Lissy
wollte noch nicht einmal mehr ein Glas Wein. Neben uns
saß eine rothaarige Germanistikprofessorin, die sich als
Christine Sahls Freundin bezeichnete. Sie hatte gerade ein
Buch über den Loreley-Mythos veröffentlicht.

KAPITEL 16

Da ich bei Wandmann über Heine gehört hatte, kamen wir über sein Lied ins Gespräch. Lissy, neben mir, unterhielt sich ganz kurz mit einem Mediziner. Christine Sahl und Björn Nielsson saßen uns gegenüber. Ab und zu nickten sie uns abwechselnd zu, um sich gleich wieder ihren Gesprächspartnern zuzuwenden. – Ich tauschte mit Lissy Blicke aus. Das waren die Spitzenleute von den Unis Düsseldorf und Münster. Beeindrucken konnte mich das nicht. Es wurden noch Zigarren und Espresso gereicht. Um halb fünf war alles zu Ende, und wir fuhren wieder nach Bilk, ohne mit jemand anders als mit der rothaarigen Professorin ein Wort gewechselt zu haben. Aber es blieb nicht still zwischen mir und Christine Sahl. Immer, wenn sie jetzt nach Düsseldorf kam, traf sie sich vorher mit mir für eine Stunde im Café Heinemann. Lissy wusste das und nahm es wortlos hin.

Ich beschloss, diesmal allein, Doktor Scheerbarth zu konsultieren. Er empfing mich wieder in seinem grüngestrichenen Sprechzimmer, diesmal mit Strümpfen. Ich erzählte ihm von meiner wieder stark erwachten Neigung zu Christine Sahl, von den Abenden mit ihr vor fünfundzwanzig Jahren im Ulrich-Haberland-Haus und von ihrer Verlobung mit Björn Nielsson.

Scheerbarth sagte: „Es geht mich wenig an, wie diese Christine Sahl „wirklich" gewesen ist. Mich interessiert nur, was Sie in ihr gesucht und gefunden haben. Nicht in jedem Abschnitt ihres Lebens hätte Sie Ihnen etwas bedeutet. Dass jetzt etwas zurückkommt, wundert mich. Ich glaube, dass sie für Ihre heutige Lebensstufe keine Notwendigkeit mehr ist. Auf dem Foto, das Sie mir gezeigt haben, ist sie ja ganz hübsch, aber nicht der Inbegriff der Schönheit!"

Ich versuchte ihm zu erklären, dass das etwas ganz Unerklärliches war, was mich zu ihr hinzog.

Er sagte: „Sie glauben doch nicht etwa an den Dämon?"

„Sie hat mich damals gefördert und in der Germanistik gehalten und tut es auch heute noch."

„Dann ist es Polarität", sagte er, „so etwas ist aber ganz selten. So selten, wie sich Feuer und Wasser vermischen können!"

Ich hatte ihm gut zugehört. Wo blieb diesmal die Psychoanalyse? Er schien vernünftig geworden zu sein. Was stand hinter seinen Sätzen? Lebensphilosophie? Nein, die war es nicht. Es war das erste Mal, dass ich jemanden etwas Vernünftiges über diese Beziehung sagen hörte. Horst Ludwig hatte mir damals immer nur abgeraten.

„Sie wird in der Wissenschaft Karriere machen", fuhr Scheerbarth fort, „solche Frauen benutzen auch den Mann als Vehikel, selbst wenn sie sich verlobt haben. Ist sie sinnlich? – Verführen Sie sich doch!"

„Dazu ist sie zu sehr vom Intellekt und der sogenannten Wissenschaft durchdrungen."

„Dann müssen Sie ihr ganzes Naturell verführen!"

„Die Entfernung", sagte ich, „bis Münster sind es hundertfünfzig Kilometer, und Björn Nielsson ..."

„Sie werden mit der Sache fertig", sagte er, „das spüre ich. Denken Sie auch an Ihre liebenswerte Frau und an ihr Suchtproblem. Sie braucht Sie, selbst wenn Sie einen Seitensprung wagen. Das Humanitätsideal ist nicht ausgestorben. Christine Sahl hat Sie auf Texel zur Mäßigung ermahnt, und Sie sollten es bei ihr auch tun. Und sagen Sie jetzt nichts mehr. Den sogenannten Charakter gibt es nicht. Wenn also keine Verführung, dann leben Sie die Sittlichkeit. Ihr Beruf als Lehrer gibt Ihnen ja auch Gelegenheit dazu. Ein Trauma haben Sie jedenfalls nicht davongetragen."

Das war mein Gespräch mit Doktor Scheerbarth gewesen, und ich fragte mich hinterher, ob mir vielleicht ein Traum die Antwort geben würde. Ach, du warst in abgelebten Zeiten meine Schwester oder meine Frau. – Ich brauchte einen Zustand der Beseelung, und des Hellwerdens. In der Fünfzimmerwohnung in Bilk würde das nicht passieren. Erkenntnis als Befreiung, das gab es nicht. Mentale Erkenntnis war nur eine Trübung der Wirklichkeit. Oder dessen, was uns so erscheint!

* * *

Als wir zum letzten Mal im Heinemann saßen, sagte Christine Sahl zu mir: „Björn und ich, wir heiraten bald. Aber meine Hochzeitsnacht verbringe ich mit dir."

„Wo denn?" fragte ich.

„Im Steigenberger."

„Wann?"

„Wenn du kannst, dieses Wochenende."

Ich sagte Lissy, ich führe am Wochenende mit dem Zug zu einer Fortbildungsveranstaltung, und ging Samstagnachmittag zu Fuß in die Königsallee 1 a. Die große, vielfenstrige massive Front des Steigenberger Parkhotels. Direkt an der Shopping- und Ausgehmeile gelegen. Kulturelle Highlights und Unterhaltungsmöglichkeiten bequem zu Fuß zu erreichen. Christine Sahl hatte im Voraus bezahlt. Ein Deluxe-Doppelzimmer mit Kronleuchter, einem riesigen Doppelbett und Stahlstichen auf der gemusterten Tapete.

Christine Sahl lag ausgezogen auf dem Bett und hatte die dünne Decke bis zum Hals hinaufgezogen. Ihre Augen waren geöffnet, ihr hübsches Clownsgesicht lag mit einem Lächeln auf dem Kissen. Sie schlug die Decke zurück. So hatte ich sie mir nicht vorgestellt. Die geraden Beine, die runden Fesseln und die Waden, die vollendet proportioniert, etwas von einem jungen Ringer hatten. Ein junges Mädchen hätte diesen Körper nicht haben können. Ein makelloser Körper mit einem reizenden Hüftschwung. Ich zog mich aus und legte mich zu ihr. Sie schlang ihre Arme um meine Schultern und zog mich zu sich heran. Jetzt hatte ich sie, diese unsäglich süße, zuckende, melkende Umschließung. Keine Spur von Verlegenheit. Sie ruhte dabei in sich. Sie war erfahrener, als ich gedacht hatte und mochte ihre Lust schon mit verschiedenen männlichen Kollegen gesteigert haben. Ich brandete gegen ihre elastische Körperfülle, und als wir hinterher nebeneinander lagen, ließen wir uns das Abendessen aufs Zimmer kommen.

„Das hättest du früher haben können", sagte sie.

Ich hatte gedacht, sie sei ein Doppelgeschöpf. Aber sie war eine Frau. Alle meine Überlegungen von damals waren zu nichts geworden.

„Um Gottes willen", sagte ich. Gegen zwölf schliefen wir ein.

„Ich muss zu Björn", sagte sie am Morgen und beeilte sich mit dem Frühstück. Das hier konnte mir keiner mehr nehmen, und es hatte sich ausgezahlt, fünfundzwanzig Jahre zu warten.

* * *

Von dem Zeitpunkt an traf ich mich öfter mit Christine
Sahl. Wir nahmen jetzt billigere Hotels. Lissy ahnte nichts.
Sie war mit sich selbst beschäftigt, und ich half ihr, so gut
ich konnte. Sie hatte wieder einen Rückfall gehabt, und
ihre Angst vor einer Klinik in Grafenberg war stark. Christine Sahl vermochte das starke Band, das mich bei Lissy
hielt, nicht aufzulösen. Sie übte aber starken Einfluss auf
mich aus. Sie war die pädagogische Provinz. Ihr Verhalten mir gegenüber war auf Ethik (trotz Beziehungsbruch)
und Logik ohne jede Psychologie gegründet. Ich hatte zuweilen das Gefühl, sie glaubte an Maßstäbe ähnlich den
Goethischen Normen, die Entsagung des Einzelnen for-
derten. Wir unterhielten uns. Der Sex wurde immer ne-
bensächlicher, und ich dachte an die Tragik des Alters. Die
Beziehung mit Christine Sahl war ein Bildungserlebnis,
in dem Christines Dämon mit meiner Tyche in Wechsel-
beziehung stand. Die äußere Erfahrung hatte meine Leidenschaft entladen. Trotz unserer wöchentlichen Treffs
verlangte Christine von mir Ordnung und Maß. Damals,
vor fünfundzwanzig Jahren, hätte sie mir nicht bedeuten
können, was sie mir heute bedeutete. Ich hatte damals in
ihr geahnt, das sich mir heute erst erschlossen hatte. Wie
sie „wirklich" war, wollte ich gar nicht wissen. Erst auf
meiner jetzigen Lebensstufe war sie zu einer Notwendigkeit für mich geworden. Sie schmälerte auch nicht Lissys
Rechte, die ein paar Tage in der Uni-Klinik in Grafenberg
verbracht hatte und die seitdem trocken war. Wir brauchten auch nicht über Christine Sahl zu sprechen. Lissy ak-
zeptierte alles. „Warum gabst du uns die tiefen Blicke?"

– Ich kenne das Gedicht auswendig. Liebe war es nicht. Die starke Anziehung konnte ich mir selbst nicht erklären. In meinen Träumen tauchten weder Lissy noch Christine auf. Trotz der hellen neuen Beziehung lebte ich im Schlaf ziemlich dumpf. „Tropft es Mäßigung dem heißen Blute!" Ja, das war es. Aber ich wusste auch, dass es nicht für immer sein würde. Die neue Beseelung durch Christine wollte ich aber in mein weiteres Leben und auch in die Beziehung mit Lissy mitnehmen. Wer wusste, was das Schicksal mir und Lissy noch bereiten würde. Aus Düsseldorf wegziehen würde sie jedenfalls nicht. Björn Nielsson hatte sich schon mit guter Aussicht auf eine Professur in Münster beworben. Dann wären die beiden bis an ihr Lebensende aneinandergebunden. Sie könnten sich alle beide noch intensiver der „Wissenschaft" widmen. Wenn die Durchforstung der linguistischen Begrifflichkeiten und die Entwicklung neuer Begrifflichkeiten Wissenschaft ist. Christine hat nur einmal vom „bitteren Reiz der Erkenntnis" gesprochen, und diesen Weg wollte sie in dem, was sie Wissenschaft nannte, weitergehen. Wahrscheinlich zusammen mit Björn Nielsson. Das Universum würde sie damit nicht erneuern. Und die unerschöpflichen Augenblicke hatte ich mit ihr. Warum konnten die Wissenschaftler das Unerforschliche nicht ruhig verehren wie die Priester? – Ich mochte den Gedanken nicht, denn da wäre man schnell bei dem, was Goethe „Glaubenssophisten" nennt. Ich habe sie in meinen Aufzeichnungen schon einmal erwähnt. Ich erwartete meine All-Werdung durch Christine Sahl. Linguistik, das waren Begriffsverschiebungen und Begriffserfindungen. Chomsky war ein Platoniker. Vielleicht hatte ja

Spinoza doch recht gehabt, und in der Menschennatur war etwas von der Gottnatur.

Mit Christine sprach ich oft über früher und über unsere Partner.

„Was die wohl jetzt machen?", fragte sie.

„Da ist jeder allein für sich, sonst wäre es ja wie in den Wahlverwandtschaften!"

„Denkst du manchmal zurück?"

„Das ist jetzt Jahre her!"

„Doch wer den Augenblick ergreift …"

„Ich hatte damals Angst!"

„Wovor?"

„Vor allem! – Ich war zu jung!"

„Inzwischen ist viel Wasser den Rhein heruntergeflossen", sagte sie, „von Alt-Muhl, über Bonn, nach Düsseldorf!"

„Der Rhein ist eine esoterische Wasserader. Davon kommt man so leicht nicht weg!"

„Ich mag den Rhein auch", sagte sie, „ich komme ja auch vom Rhein. Vielleicht zieht es mich deswegen so oft nach Düsseldorf, und ihr seid nur die Auslöser!"

Mit Esoterik wollte ich nichts zu tun haben, obwohl sie mich stark anzog.

„Der Naturhymnus des Rheins bewegt auch zum Forschen", sagte ich, „du weißt, die Wissenschaft!"

„Tief im Inneren bin ich Spinozistin", sagte sie, „auch wenn ich Linguistik und Kommunikationswissenschaften betreibe. Das ist mein heimlicher Imperativ! – Ich möchte mir doch ein Stück gegenständliches Denken bewahren. Bei aller Theorie! Und bei allen Analogien! – Eigentlich mag ich auch die altgriechischen Naturphilosophen."

„Jetzt weiß ich, warum du so einen starken Einfluss auf mich hast!"

„Habe ich das?"

„Ja, du musst es doch spüren! – Du behandelst mich ja selbst wie ein Stück Natur. – Das wird dir komisch vorkommen."

„Das ist deine Selbstflucht!"

„Aber keine Krankheit!"

So ging es manchmal Stunden weiter, bis es Abend wurde und wir das Hotelzimmer verlassen mussten. Lissy war noch mal kurz in Benrath.

* * *

Die Figuren in meinem Roman hatten jetzt eine Stufe erreicht, in der etwas Neues hinzutreten musste. – Ich beschloss, den vier Protagonisten einen Vermittler von außen beizugeben. Er durfte aber nichts von Doktor Scheerbarth haben, der versucht hatte, in unsere Ehe einzudringen. Aber hatte er uns damals nicht dazu geraten, die Beziehung zu Björn Nielsson und Christine Sahl zu pflegen? Scheerbarth war der typische Psychoanalytiker, der, über seinen Beruf hinaus, in die Branche der Philosophie und der allgemeinen Lebenskunde vordringen wollte. Er wollte auch dazugehören und sich damit brüsten, dass er jetzt die Schönen und Reichen therapierte. Mit einer Einfühlung in die Mentalität der Begüterten, die sonst keiner besaß. Er schrieb ein Buch nach dem anderen über die antiken Philosophen und die des 18. Jahrhunderts. In einem Verlag, den er selbst gegründet hatte. Er war die psychoanalytische graue Eminenz von Düsseldorf. Im Rochusclub bekam er bei den großen Tennisturnieren Ehrenplätze. Im Rhein-Stadion saß er in der VIP-Lounge. – Ich verwarf den Gedanken an eine Vermittlung in meinem Roman wieder. – Wie sollte so ein Typ meinen Protagonisten aus dem Mittelstand helfen, die sich an einem Kegelabend kennengelernt hatten und vielleicht in einem Swingerclub enden würden? Mir blieb nur, den Roman ohne einen Mittler weiterzuführen. Dafür war Scheerbarth in unserer Natur. Aber ich wollte die Natur nicht so weit fassen, dass sie alle menschlichen und gesellschaftlichen Regungen umfasste. Und mein Buch sollte auch keinen chemischen Prozess zeigen, an dem sich Schicksale und Leidenschaften offenbarten. Die vier Leute, allesamt Beamte, sollten sich nur wechselseitig zueinander hingezogen fühlen. Später sollte noch ein anderes Pärchen hinzukommen, und dann sollte es sich mit den zwei ersten vermischen. Zufall und Willkür statt Schicksal. Ich habe schon einmal gesagt, dass ich an eine übergesetzliche Ordnung nicht glaube. Charakter schaffe nicht nur Schicksal, sondern sei es bereits durch sein So-Sein, sagt Gundolf. Das konnte man allenfalls in den Zwanzigern schreiben. Seit Skinner ist das nicht mehr möglich. Und Goethe selbst sagt, dass jeder Mensch zu den feinsten Apperzeptionen gebracht werden könne! – Was war das anders, als Abrechnung. Symmetrie, wie Goethe sie in seinem Buch gehandhabt hatte, wollte ich vermeiden. Aber dass die Psychodynamik unser Leben bestimmt, unsere Vorsätze, das, was wir spontan zu tun glauben, stimmt. Aber Zufälligkeiten und Nebensächlichkeiten würde es in meinem Roman, anders als bei Goethe, dennoch geben.

„Ich werde das Joch der Notwendigkeit nicht wissend und willig auf mich nehmen", hatte Christine Sahl einmal bei unserem letzten Gespräch gesagt, „und eine Heilige möchte ich erst gar nicht werden!" Was Christine Sahl und ich hatten, war „nur" eine Beziehung, kein wesen im anderen wie mit Lissy. Keine Affinität, allenfalls eine Analogie, die nichts über Inhalte, sondern nur etwas über Verhältnisse aussagte. Unsere „Beziehung" hatte sich nur verleibt. Keiner wusste, wie lange. Christine Sahl war im Inneren genauso hart, eng und karg wie manche Züge, die ich an meiner Mutter wahrgenommen hatte. Erst jetzt fiel es mir auf. Christine Sahl war eine Schuld aus meiner Vorgeschichte.

KAPITEL 17

Abends saßen Lissy und ich vor dem Fernseher, da klingelte es. Lissy sah in das Haus-TV und sagte: „Vor der Haustür steht Björn Nielsson! – Der denkt bestimmt, ich bin allein!"

„Mach auf", sagte ich, „er will mit mir reden."

Er stürzte herein, bevor im Lissy im Schlafzimmer verschwinden konnte.

„Wo ist er?", fragte er.

„Im Wohnzimmer", sagte Lissy und zog sich zurück.

Er setzte sich in einen der Garpa-Sessel, in denen vor ein paar Wochen Scheerbarth gesessen hatte.

„Vor wem hast du überhaupt Achtung?", schrie er.

„Vor meinem Bruder, dem Wirtschaftsanwalt, ziehe ich den Hut", sagte ich, „er erfüllt seine Pflicht wie kein anderer! Guten Abend übrigens! – Da braut sich ja ganz schön was zusammen!"

Er sagte nichts, nur seine dicke Hornbrille zuckte.

„Du tust, als hätte ich ein Verbrechen begangen", fuhr ich fort.

„Wie kannst du es wagen, so mit mir zu reden!"

„Ich weiß ja noch nicht mal, weshalb du kamst."

„Was ist mit Christine?" Er sprach so leise, dass Lissy im Nebenzimmer bestimmt nichts hören konnte.

„Ich weiß nicht, was sie gerade macht!" Ahnte er etwas? Christine Sahl hatte unsere Verabredungen immer sorgfältig getimt.

„Ich will sie heiraten", fuhr er mit seiner eintönigen Stimme fort.

Mit so einem Typen zusammen zu sein, dachte ich.

„Niemand will dich in unserer Beziehung! Niemand! Wir lebten ganz ungestört, bis ihr aufgetaucht seid."

Darauf konnte ich nichts erwidern, denn er hatte Recht.

„Du scheinst vergessen zu haben, dass ich sie liebe!"

Das glaubte ich seiner aufgeregten Professorenmiene nicht.

„Du redest, als hätte ich ein Verbrechen begangen!" sagte ich.

„Wir hätten gar nicht erst mit euch nach Holland fahren sollen!"

„Viele Menschen haben im Leben zwei oder mehr Beziehungen."

„Was hast du mit ihr?"

„Gar nichts!" sagte ich, „Wir haben uns ein paar Mal getroffen, das war alles." Ich hatte keine Lust, ihm auch nur ein Quäntchen auf die Nase zu binden. – Und wenn er anschließend zu ihr fuhr? – Ich kannte niemand, der Christine Sahl kleinkriegen konnte.

Er sah, dass es aussichtslos war, erhob sich, gleichzeitig kam Lissy ins Zimmer.

„Ich gehe", sagte er. Er hatte nicht mal seinen dünnen Mantel ausgezogen.

„Was wollte er?", fragte Lissy, als er weg war.

„Der ist eifersüchtig", sagte ich, „völlig grundlos! – Ich weiß auch nicht, was er hat!" – Lissy würde von mir nie etwas erfahren. Was wusste ich eigentlich von Christine Sahl, bis auf das bisschen, was sie mir im Bett erzählt hatte. Internat, Abitur, Studium, Ehrgeiz, Aufstieg in die Uni-Welt! Ich hätte Björn Nielsson gern eins über den Schädel gegeben. Er war ziemlich kräftig.

* * *

Seitdem lehnte ich mich wieder enger an Lissy an. Es war eine Ehe, die Björn Nielsson und Christine Sahl nicht hatten. Auch viel Beständigkeit und Freundschaft. Freundschaft in einer Ehe ist ganz selten. Lissys Liebesfähigkeit war größer als die von Christine Sahl, obwohl Lissy trank. Keine verzehrende oder durchdringende Leidenschaft, aber eine Innigkeit, die ich sonst nie gefunden hätte. Sie hatte große Ähnlichkeit mit der ersten weiblichen Figur in meinem Roman. Jetzt erst fiel es mir auf. Wie man doch nach dem Leben schreibt! – Ich müsste den Stoff noch einmal anders gruppieren. Meine vier Protagonisten würden nicht in einem Swingerclub enden. Sie würden sich scheiden lassen und wieder überkreuz heiraten. Damit hätte ich Goethes überpersönlichem Sein eins ausgewischt. – Das alldurchdringende Weltgesetz gab es nicht. Es gab nur Lissy, deren erste richtige Beziehung ich gewesen war und noch bin. Lissy war klug. Und ihre Klugheit (Intelligenz wäre das falsche Wort) hatte ich zu spüren bekommen, als ich einmal, in einem Anfall von Paranoia, in ihren Tagebüchern geblättert hatte, lauter lose Blätter, auf denen sie Gedanken notiert hatte. Da stand zum Beispiel:

Das Organische lebt im Anorganischen, siehe die Entwicklung der Erde! Goethe hat das gewusst.

Durch das, was man hat, wird man beeinflusst: Durch Freunde wie durch Möbelstücke!

Die Welt ist geistlos, und der Erfolg auch!

Wie viele Menschen sich durch ihre kleinen und großen Projektionen verraten!

Aberglaube und Wendehalstum! Ist bei allen Menschen verbreitet, auch bei den Intellektuellen!

Psychoanalytiker: Wenn ihnen gar nichts mehr einfällt, lachen sie!

Das Primat der Politik ist allgegenwärtig! – Auch und gerade für Künstler.

Das Leben ist Gehirnwäsche!

Authentisch zu sein macht keinen Eindruck mehr, weil heute jeder authentisch ist.

Du bist, was du durch die Sprache des anderen bist! Ist das nur meine Erfahrung?

Der Mensch ist mehr Masochist, als Sadist. Siehe Jesus und seinen Einfluss auf die Welt!

Wenn man etwas denken kann, ist das deswegen nicht richtig!

Die Individualität ist Betrug!

Jedes Wort ist ein Euphimismus – und eine Tautologie mit dem Bezeichneten!

Es sind geschaffene Tatsachen, die der Sprache bis in die Nuancen ihren Stempel aufdrucken!

Worin besteht die Wirkung der Überzeugung durch „Gründe"? Alles beruht darauf, dass man bei den Sophismen ein warmes oder gutes Gefühl bekommt.

Die eigenen Gedanken sind bloß das, was man dafür hält!

Alle juristische Argumentation wird durch geschaffene Fakten überstiegen!

Die Begriffswelt ist auch an die limbischen Systeme geknüpft.

Alle Gottesbeweise und alle Autorität beruhen auf dem Satz: Es ist wahr, weil es gesagt wurde!

Mit Begriffen allein ist noch nie etwas durchgesetzt worden!

Aus welchen Köpfen kommen die Regeln, die die Ethik vorschreibt?

Wörter ändern an unserer Innenwelt überhaupt nichts!

So etwas hätte Christine Sahl nie gedacht. Vielleicht war das, was Christine und ich „außereheliche Beziehung" nannten, nur der ehelichen Langeweile zu verdanken gewesen. Vielleicht hat sogar der Alkohol Lissy auf ihre Gedanken gebracht. Ich stimmte nicht allem zu, aber für eine Medizinerin enorm! – Und Christine Sahl war doch die Sprachwissenschaftlerin!

Ich rief Christine Sahl an und fragte, was wir tun sollten. Ich erzählte ihr von Björn Nielssons Ausbruch. Ich fing am Telefon plötzlich an, von Gefühlen zu reden, sie sprach von Vernunft. – Das war eigentlich sonst nicht ihre Art. Aus der Heirat mit Björn würde wohl nichts mehr werden.

„Björn spürt, dass etwas nicht mehr stimmt, er läuft durch Münster wie Melmouth, bevor er bei mir vorbeikommt! – Wir brauchen eine Auszeit für alle drei!"

Dieses Scheißwort, dachte ich und sagte: „Ich meld mich wieder!" Ich traute Christine durchaus einen Anschlag auf mich zu.

Lissy und ich lebten jetzt immer enger miteinander. Keine Auffrischung des Vergangenen, aber gelebte Gegenwart. Wir suchten all die Orte auf, an denen wir mit Christine Sahl und Björn Nielsson gewesen waren. Aber allein. Unsere Beziehung wurde seelenhaltiger. Etwas Stille, Maß und gegenseitiger Respekt. Wir lasen zusammen die Ethik von Spinoza, wie Goethe das mit Charlotte von

Stein getan hatte. Gemeinsames Tun und Dulden. Lissy achtete auch wieder mehr auf ihr Äußeres. „Bin ich noch schön?" fragte sie mich manchmal. Ihre plötzliche Körpervergottung irritierte mich nicht, denn es war Christine Sahl, an die sie dabei dachte.

„Mich interessiert eigentlich nur deine schöne Seele", sagte ich dazu.

„Die schöne Seele ist Vision, ich aber bin Ding!"

Das erinnerte mich an die Aphorismen in ihrem Tagebuch.

Ich sagte: „Die schöne Seele wittert in die Dinge hinein! – Genießen wir die ruhende Gegenwart, unsere Gesamtseelenlage."

Lissy trank im Augenblick nicht mehr, als hätte unsere neue Nähe sie geheilt und als hätte sie neue Forderungen an ihr Dasein gestellt. Lissy erschien mir in ihrer Neuheit schöner als Christine. Goethes „Gesetz" war Skinners „reinforcement". Dem sind wir wirklich alle unterworfen. Und an Lissy fühlte ich mich stärker gebunden als an Christine Sahl. Mit pflichtloser Umtriebigkeit wollte ich nichts mehr zu tun haben. Ich brauchte die Polarität, und mein Du war Lissy. Ich hatte ja in ihren Tagebüchern geblättert und gesehen, wie reich das andere Ich, mein Du, war. Wenn sie nur endgültig von der Droge loskäme. Aber die Droge konnte meine Innigkeit nicht mindern. Ich beschloss, Christine noch einmal in ihren eigenen Räumen zu besuchen, die ich ja noch nicht kannte. Dort, in ihrem eigenen Umfeld, sollte mein Kampfplatz sein. Ich fuhr von Düsseldorf über Dortmund und Hamm die 150 Kilometer auf der Autobahn nach Münster. Sie wohnte in der zweiten Etage eines Hochhauses. Ihr Wohnzimmer war groß, mit einer riesigen Fensterfront, einem Benjamini in der Ecke, der bis zur Decke reichte, einem orangeroten Zweisitzer, einem dazugehörigen Sesselchen und einem modernen, bequemen Lesestuhl. In der Ecke standen Glastische, auf denen sie ihren Krimskrams abgelegt hatte. Auf ihrem Sofa saß nebeneinander eine Reihe von Stofftieren, ein Dachs, ein Luchs, und unter anderem auch ein Iltis. Daneben eine Kinderpuppe, in deren Kopf eine Nadel steckte. Christine Sahl machte uns Tee, wir tranken ihn aus gläsernen Tassen. Ich ging kurz auf die Toilette. Als ich zurückkam, saß die Kinderpuppe nicht mehr zwischen den Stofftieren.

„Wir müssen jetzt das richtige Maß finden", sagte sie, „unsere Nähe ist für alle zu bedrohlich! Für dich, für mich, für Lissy und auch für Björn Nielsson."

„Ich bin doch kein Dämon", sagte ich, „nur ein kleiner Studienrat!" – Sie erinnerte sich nicht mehr.

Ich saß in dem orangeroten Sessel, sie in dem Zweisitzer. Unsere Körper trauten sich nicht mehr aneinander heran. Ich wusste aber, wenn sie sich von mir verabschiedete, war ich nicht um den Sinn der Welt gebracht. Ich hatte es lange genug genossen. Es wäre kein Opfer und auch kein Verzicht auf höchstes Gut. Ich spürte aber, dass sie sich mir nicht so schnell entziehen würde, weil sie beständig etwas von mir forderte. Sie forderte und mahnte mich gleichzeitig zur Mäßigung. Björn Nielsson schien ihr im Augenblick ganz gleichgültig zu sein. Ich war ein Individuum, auch durch mein Schreiben geworden, und sie verkörperte die Gesellschaft, der ich mich längst entzogen zu haben glaubte. Innerhalb der Schranken, die sie mir zog, konnte ich mir aber mancherlei erlauben. Ihre gewandte Sinnlichkeit zog mich immer noch an. Ich war ihr aber nicht unterworfen, das spürte sie. Goethe hatte auch immer wieder die Konflikte gesucht, um einen Ansporn für sein Schreiben zu finden. Ich dachte an meinen Roman. Was aber war mit der Nadelpuppe gewesen? – Arbeitete sie mit Riten und Akten, die man Voodoo nennen konnte? Der arme Björn Nielsson, dachte ich, so aus dem Dunkel heraus angegriffen zu werden. Dass es nicht mir galt, spürte ich sofort. Dafür war ich zu unwichtig, und nicht der „Wissenschaft" angehörig. Das einmalige sinnstiftende Ganze verband sie mit Björn. Ich war ein kleiner deutscher Tiefling, der Gedichte und kleine Büchlein schrieb, ein Innenweltler, der mit der „Wissenschaft" nichts am Hut hatte. Als Linguistin wusste sie, dass die wichtigen Kategorien unserer Sprache metaphysisch waren. Gedachte und zu Sprache gefrorene Denkformen. Wir beide hatten ein paar Mal kurz den Augenblick genossen. Dauer gab es für uns nicht. Für mich aber hatten diese Augenblicke Dasein bedeutet. Eigentlich war nur der Augenblick ewig. Der Augenblick war eher selten. War die Wissenschaftlerin Christine Sahl Okkultistin? – Ich vermutete das seit langem hinter der sogenannten „strengen Wissenschaft", und Schwingel hatte es vom Katheder oft genug gepredigt. Hatte Christine Sahl ihn ernster genommen als ich, und die gesamte „Wissenschaft" war Maskerade? – So konnte man sich doch nicht selbst betrügen. Wollte sie jenseitige Mächte gegen Björn Nielsson bannen? – Diese Mächte staken höchstens in ihr selbst und hafteten in ihrer Person.

Unser Gespräch war kurz gewesen. Über Björn Nielsson hatten wir nicht geredet. Jeder spürte, dass der andere es vorzog, zu schweigen. Ich fuhr nach Düsseldorf zurück und widmete mich Lissy.

KAPITEL 18

Für Goethe waren Natur wie Beziehung Systole und Diastole, die zogen sich zusammen und dehnten sich wieder aus, wie das Herz. Wenn es stimmte, hätte Goethe die Einsteinschen Gravitationswellen, die Raum und Zeit verformten, vorweggenommen. Das war aber eigentlich Anthropomorphisierung, die Goethe sonst ablehnte. Mit diesen Zusammenhängen konnten die Linguisten nichts anfangen. Sie beobachteten, sammelten, zogen induktive Schlüsse und brachten sie auf Begriffe. Goethe hatte nicht mit dem Gehirn, sondern mit seinem ganzen Körper und seinem Instinkt gedacht. Auch in seinen naturwissenschaftlichen Arbeiten. Die Germanistik, wenn man den Positivismus ausschloss, war eigentlich auch eine solche Wissenschaft. Aus einem einfachen Prinzip, von der Lebensmitte her. Sie war Deutung von Erfahrungen und nicht die Erfahrungen selbst. Selbst die Idee, das System, das ich benutzen will, setzt Erfahrung schon voraus. Es war eine Zwickmühle. Die Sprache selbst war voller Metaphysik. Und selbst die Mathematik, die angeblich göttlichste aller Wissenschaften, war voll Metaphysik, weil eigentlich völlig versprachlicht. Ihre Metasprache war aus der metaphysikgetränkten Normalsprache hervorgegangen. Damit fiel auch Kants Kritik der reinen Vernunft ins Nichts. Goethe hatte, ohne es zu wissen, die metaphysische Seite der Sprache erkannt und Erkenntnis als Anwendung seiner Kraft behandelt. Aber auch er hatte in Gegensatzpaaren gedacht wie wir alle, selbst wenn er die Einheit von Mensch und All voraussetzte. Für Goethe war das Begriffsdenken kein Fortschritt! Mit Goethes Farbenlehre hatte es die gleiche Bewandtnis. Das Berechnen war ihm zuwider. Hinter Newtons Spektralanalysen stand keine Ethik. Goethe wollte „Taten und Leiden des Lichts". Der Mensch war allein in seinem Werden und in seiner Wahrnehmung. Kleinkariert und willkürlich war die berechnende Welt. Zahl und Verhältnis waren nichts. Der Entwicklungsgedanke sagte ihm nichts. Ohne Nachprüfung des subjektiven Anteils gab es für Goethe keine Physik. Er hatte sogar einen langen Aufsatz darüber geschrieben.

In den nächsten Monaten hörten wir von Christine Sahl und Björn Nielsson wenig. Wir waren auch mit uns beschäftigt, und ich half Lissy dabei, aus einem ihrer vielen Tiefs herauszukommen. Ab und zu rief Björn Nielsson an und sprach mit Lissy. Wenn ich am Apparat war, war er zurückhaltend. Christine Sahl hatte eine außerordentliche Professur in Düsseldorf bekommen, wohnte in der Sybelstraße in Düsseltal und so lebten wir vier jetzt in der gleichen Stadt. Mein Kontakt zu Christine Sahl war fast eingeschlafen. Sie traf sich wohl immer noch mit Björn Nielsson. Was zwischen uns gewesen war, war nichts, was sich mit Willen hätte bewahren lassen. Auch Schuld gab keiner dem anderen. Es war Reifen und Welken gewesen. Heilige war sie für mich nie gewesen. Ich hatte mich geändert und glaubte fest, sie nicht mehr zu brauchen. Unsere Animalitäten hatten gut zusammengepasst, hatten sich aber auch ausgelebt. Dafür wurden sie jetzt zwischen mir und Lissy stärker. Zwischen uns traf etwas wie freiwillige Selbstbeschränkung auf. Aber dass es mir gegeben sein sollte, in freiwilliger Beschränkung auf den Austausch mit Christine Sahl ganz zu verzichten, glaubte ich auch nicht. Ich war, vorläufig jedenfalls, im Stande gewesen, das Verhältnis mit Christine Sahl zu lösen. Aber wir alle vier lebten jetzt in der gleichen Stadt. Björn Nielsson und Christine Sahl in verschiedenen Wohnungen, ich mit Lissy in unserem gemeinsamen Fünfzimmerappartement. – Goethe hatte in den Wahlverwandtschaften vorausgesetzt, dass jede freie Wahl früher oder später zum Gesetz wird. – Jetzt erst erkannte ich, dass dies ein Kommunikationsgesetz ist, das mit Watzlawicks Axiome gelöst werden konnte. Absolute Symmetrie in einer Beziehung ist unmöglich, und so tendiert immer einer der Partner dazu, Übergewicht zu bekommen. Dieses muss der andere ausgleichen. Und so zieht sich die Beziehung schwankend in die Länge. So war es auch in den Wahlverwandtschaften gewesen. Auch Goethe hatte das Verhältnis zu Christiane Vulpius nicht mehr lösen können, obwohl er es sicher gerne getan hätte. Die Kommunikation war sein „Gesetz" gewesen. Nur, jetzt selbst in dieser großen Stadt, konnte man sich doch nicht aus dem Weg gehen. Wir trafen uns oft zufällig an den Orten, wo wir früher gemeinsam gewesen waren. Im Kommödchen, im Theater, im Capitol, im Le Doc, jeder an seinem eigenen Tisch. Aber die Blicke konnte man nicht steuern. Bis wir eines Abends im Wohnzimmer saßen und das Telefon läutete. Lissy hob ab. Der Anruf galt nicht mir. Lissy ging mit dem Telefon nach nebenan, und ich hörte ihr gedämpftes Gemurmel im Nebenzimmer. Eine leichte Übelkeit stieg in mir hoch. Das Telefonklingeln um diese Zeit war ungewöhnlich. Das Telefonat dauerte mindestens eine Viertelstunde, dann kam Lissy herein und blieb stehen.

„Björn Nielsson ist etwas passiert", sagte sie, „das war Christine Sahl. Sie wollte es mir nur sagen. Er kam von der Rethelstraße, bog auf der nächsten Straße in die Sybelstraße ab und fuhr gegen eine Hauswand. Lebensgefährlich!"

„Was macht Björn Nielsson denn nachts um zehn in Düsseltal?" fragte ich.

„Er wollte zu ihr, wohl überraschend. Die Straße dort ist ziemlich gerade."

Ich dachte an die Puppe mit der Nadel im Kopf, die ich in ihrer Wohnung in Münster zwischen den teuren Stofftieren gesehen hatte. Es wirkte also tatsächlich.

„Er war natürlich allein", sagte ich.

„Natürlich!" Wir starrten uns an. Draußen war es dunkel.

„Ein Reporter von der Rheinischen Post ist bei ihr. Die wollen es groß bringen. Er hatte einen Notfallausweis dabei, auf dem ihre Adresse stand, und es war ja fast vor ihrer Haustür. Die Polizei interessiert sich auch schon dafür. Die behaupten, am rechten Vorderrad sei herumgeschraubt worden."

Christine Sahl würde der Polizei von mir nichts erzählen. Was die Polizei glaubte, glaubte ich nicht.

„Es ist nicht ausgeschlossen, dass er Feinde hatte! Wir können nichts tun", sagte ich und dachte, dass sich Björn Nielsson wohl zu viel nach anderen umgesehen hatte. Ich wusste nicht, ob er Christine Sahl geliebt hatte. Aber er tat mir leid. Das zwischen Christine Sahl und mir war etwas Flüchtiges gewesen, eine Wiedergutmachung dessen, was ich damals versäumt hatte. Zweifel und Ängste durfte ich jetzt nicht mehr zulassen. Aber Christine Sahl musste auch etwas Verdorbenes gehabt haben.

Ich ging in die Küche und machte mir ein Bier auf. Ich wäre jetzt gerne bei Christine Sahl gewesen, und hätte mir ihre Wohnung angeschaut. Sie musste irgendeine Macht über Björn Nielsson bekommen haben. Ihre Macht über mich hatte aufgehört. Vielleicht hatte sie ihn geliebt und er sie nicht. Es wäre eine schöne Vernunftehe geworden. Ich rief in den Uni-Kliniken an. Björn Nielsson würde durchkommen. Aber Christine Sahl hatte ihm offensichtlich einen Denkzettel verpasst.

Am nächsten Morgen standen zwei vor der Tür. In Regenmänteln. Ich kam mir vor wie bei Raymond Chandler.

„Herr Nielsson hat uns auf sie hingewiesen", sagte der Ältere.

Die Verletzungen schienen also so schwer nicht zu sein.

„Wann haben Sie ihn zuletzt gesehen?"

„Vor ein paar Wochen!"

„Wo waren Sie an den vergangenen zwei Abenden?"

„Immer bei meiner Frau", sagte ich, „das sitzt sie!"

Lissy nickte.

„Wir haben den Verdacht, dass jemand an seinem Vorderrad herumgeschraubt hat. Wir werden uns Ihr Bordwerkzeug ansehen!"

Ich hatte es noch nie benutzt und sagte ihm, ich wüsste gar nicht, dass ich welches hätte.

„Wussten Sie, dass Björn Nielsson mit Frau Sahl zusammen war?"

„Natürlich, wir waren sogar mal zum Segeln in Holland."

„Sie könnten es auch schon vor einiger Zeit getan haben. Ein Rad braucht lange, bevor es sich löst."

„Ist das alles überhaupt sicher?"

„Genaueres wissen wir erst nach der Untersuchung!"

Als sie weg waren, erzählte ich Lissy von der Nadel-puppe in Münster. Es war ja fast schon nicht mehr wahr.

„Sie wollte ihn verhexen", sagte sie, „und es ist ihr fast gelungen!"

Dass es auch mich hätte treffen können, darauf konnte sie nicht kommen.

„Wir besuchen ihn im Krankenhaus", fuhr sie fort, „am besten gleich!"

Wir fuhren zusammen in die Moorenstraße. Björn Ni-elsson hatte ein Einzelzimmer. Ein paar Schrammen im Gesicht, das rechte Bein vergipst und in einer Schiene. Christine Sahl war auch da. Jetzt waren alle vier wieder beisammen. Christine Sahl hatte ihren Mantel abgelegt. Sie präsentierte ihre Figur im hautengen Rock und Pulli. Ich musste an unsere verschiedenen Hotels denken, es war ja längst zu Ende. Es war die Himmelfahrt alles Leiblichen gewesen, und ich beneidete Björn Nielsson, obwohl er so lädiert da lag. Sämtliche Spiele und Lüste hatten wir aus-gelebt. Es hatte für uns keine Grenzen gegeben. Das war sie mir schuldig gewesen. Ich hätte der Linguistik solche Freude am Animalischen nicht zugetraut. Das einzige Maß dafür wären Goethes Römische Elegien gewesen.

„So was passiert. – Ich weiß selbst nicht wie", unter-brach Björn Nielsson meine Gedanken, auf sein vergipstes Bein deutend. Christine Sahl sagte: „Es hätte schlimmer kommen können!"

„Gott sei Dank nicht", sagte Lissy.

„Wirklich?", sagte Christine Sahl.

„Meine Frau und ich werden darüber meditieren", sag-te ich.

„Das Essen, das man hier bekommt, ist unter aller Kritik", sagte Björn Nielsson.

Die Visite kam herein und bat uns hinaus. Als wir wieder hineinkonnten, sagte der Chefarzt: „Er hat Glück gehabt. Es ist kein komplizierter Bruch. Die paar Schrammen heilen schnell."

„Wenn er eine Zeitlang invalid ist, kann er so lange bei mir unterkommen", sagte Christine Sahl.

„Ich hätte gerne einen Fruchtsalat", sagte Björn Nielsson.

„Ich sage in der Küche Bescheid", sagte der Chefarzt.

Wir unterhielten uns noch eine Weile zu viert, dann fuhren wir wieder ab. Christine Sahl blieb da. Es war ein kurzer Besuch gewesen.

Drei Tage später rief der Oberkommissar an. Die Untersuchung hatte ergeben, dass niemand an den Rädern von Björn Nielssons Jaguar herumgeschraubt hatte. – Also hatte es entweder Christine Sahls starker Wille bewirkt oder es war einfach ein schrecklicher Zufall, ein Unglück gewesen. Schicksal also, Dämon oder Tyche, wie bei Goethe, konnte man ausschließen. Aber die Presse hatte den Fall aufgegriffen. Die Rheinische Post hatte vernommen, was die Polizei gesagt hatte, und hatte den Fall beiseitegelegt. Aber die Boulevard-Presse nahm sich der Sache an. Sie waren an die Studentenausweise von Christine Sahl und Björn Nielsson gekommen und schrieben roh und gefühllos über „die Tragik im Leben des Linguistenpaares". Ich dachte an das, was sie schreiben würden, wenn sie die Puppe auf Christine Sahls Wohnzimmercouch gesehen hätten und von meiner Beziehung zu ihr gewusst hätten. Den Verdacht, den der Oberkommissar vor mir ausgesprochen hatte, brächten sie groß heraus. Aber es dauerte nur ein paar Tage, dann hätten andere Sensationen den beiden den Rang abgelaufen. Nach zwei Wochen wohnte Björn Nielsson bei Christine Sahl, und sie versorgte ihn. Sie würde doch nicht so dumm sein und mit einem Geständnis über die Sache mit mir herausrücken. Zuzutrauen war es ihr. Reinen Tisch machen. Von vorne anfangen. Neue Liebe, und so weiter und so weiter. Ich konnte sie nicht einmal anrufen, denn Björn Nielsson lebte in ihrer Wohnung.

Am nächsten Morgen weckte mich Lissy. Björn Nielsson hatte den Zeitungsmenschen von der Boulevard-Presse, der so schlagzeilenträchtig über seinen Unfall und die daran geknüpften Verdachtsmomente geschrieben hatte, wegen Verleumdung angezeigt. Sein Ruf sei beschädigt worden. Bei dem Prozess saßen Lissy und ich in der ersten Reihe. Björn Nielsson, immer noch mit Krücken, stellte den Reporter zur Rede. Der Vorsitzende las den Artikel vor. Ein Gutachter sprach, Christine Sahl bewertete ihn als Linguistin, obwohl sie nur Zeugin war. Der Reporter hatte geschrieben, als ob an der Beziehung zwischen Björn Nielsson und Christine Sahl etwas Anrüchiges gehaftet habe oder noch hafte. Das war kein Straftatbestand. Björn Nielsson sah man aber die Zufriedenheit darüber, dass es zu diesem Prozess überhaupt gekommen war, an. In dieser Nacht träumte ich, ich wohne im zweiten Stock eines Wohngebäudes. Ganz oben wohnt mein Kollege Klaus B. Ich habe ein kariertes Jackett an, einen auffälligen Schlips und gelbgefärbte dünne Haare. Ich klingele bei Klaus B., aber niemand macht auf. Da fallen von oben viereckige blaue und weiße Perlmuttteile nach unten. Auf mein Klingeln wird aufgemacht, und plötzlich ist es die Wohnung meines Jugendfreundes Werner Klimm. Eine Frau, jung und hübsch, kommt an die Tür. Kurzes Haar, schöne moderne, hohe Pumps. Sie führt mich ins Wohnzimmer, wo Frau Klimm am Tisch sitzt. Werner und sein Vater sind auch da. Ihr Langhaardackel springt mich an und verbeißt sich in meine Hand. Ich mache mich mühsam los. Als ich den Traum beim Frühstück meiner Frau erzählte, sagte sie: „Ich habe etwas Ähnliches geträumt!" Dein Herz hält alles aus, dachte ich. Christine Sahl war ein unverwechselbarer Charakter gewesen. Ich würde sie nie vergessen. Unsere Gesinnungen, nicht unsere Leidenschaften hatten uns beherrscht.

KAPITEL 19

Die Tage gingen dahin. Düsseldorf breitete sich am Rhein aus, und Björn Nielsson wohnte wieder in Meerbusch. Alle drei Wochen fuhr ich zu Christine Sahl in die Sybelstraße, wenn mir die Schule Zeit ließ, und wir unterhielten uns wieder über Etymologien. Sie war innerlich so weit von mir ferngerückt, wie man sich nur denken kann. Dafür hatte sich Lissy jetzt enger an Björn Nielsson angeschlossen. Mit ihren klugen Gedanken beflügelte sie nun die stumpfe Seele von Björn Nielsson. Wie konnte das gegangen sein? Er kam sie besuchen, auch wenn ich da war, und machte gar keinen Hehl daraus, dass er Lissy alleine sehen wollte. Lissy war so gut wie trocken. Doktor Scheerbarth hatte sie in vielen Einzelgesprächen von der Droge weggebracht. Ich hatte keine Lust mehr, mich in Lissys Privatleben einzumischen. Gehörte ich überhaupt noch dazu? Sie hatte sich von der Ehe und von mir emanzipiert und fuhr auch seit neuestem einen kleinen, weißen Fiat 500, das Understatement-Auto! – Ich wusste, dass sie damit öfter nach Meerbusch fuhr, vor allem, wenn ich vormittags in der Schule war oder Nachmittagsunterricht hatte. Gekocht wurde bei uns gar nicht mehr. Ich aß in der Schule. Die Abende zu viert im Le Doc waren verschwunden. Mein bewegtes Herz, dachte ich. Was war jetzt noch mein und dein? Ich konstatierte Lissys Verhalten, konnte es aber nicht erklären. Vielleicht stammte das Wegdriften der alten Beziehung aus dem nicht wahrgenommenen Lebensraum! Der Mensch sucht nach Sinn. Und mit dem Wort Verhängnis will er sich nicht begnügen. Mir kamen wieder ein paar neue Ideen zu meinem Roman, und ich würde wieder ein

Gestalter. Ich wusste nichts, ich lebte nur. Der Wille zur Gestaltung bewahrte mich vor dem Abgleiten. Die Welt konnte ich auch in meinem Roman nicht erklären. Ich war eigentlich unbedingt, aber bedingt durch die Viererkonstellation, in der Björn Nielsson das unbedeutendste Glied gewesen war. Bedingt und bedingend, so weit war Watzlawick auch schon in seiner menschlichen Kommunikation gewesen, über dessen mythischen Schluss Christine Sahl damals ihre Antrittsvorlesung gehalten hatte. Ich wollte mich mit dem bloßen Lehrerdasein nicht begnügen. Mein eigenes Herz sollte sprechen! Ich wollte in meinem Buch Geist und Stoff verbinden. Die Sophismen der Sprache waren schon getränkt von meinem Nichtwissen. Wie sollte also Sprache Welterkenntnis geben? Mein Buch sollte nur noch unterhalten, so wie Goethe es auf erstaunliche Weise versucht hatte. Goethe hat Unmögliches zusammengezogen und daraus Geheimnisse gemacht. Das zog die Leute auch heute noch an. Aber Goethe war nicht mein Ideal, ich ahmte nur seine Personenkonstellation nach. Ohne jedes Pathos! Den friedlosen Menschen in seinem Roman hatte ich vier anspruchslose Leute aus der Mittelklasse entgegengesetzt. Ich wusste immer noch nicht, wie ich sie enden lassen sollte! – Die Nachwelt würde sich um mein Buch sowieso nicht kümmern. Wenn es die Landpresse nicht nahm, würde ich es bei Books on Demand veröffentlichen. Ein paar Leser würde es schon finden. Und die unio mystica des Schöpfergeistes hatte ich dann erlebt, die Welt-Seele und das Erdbild.

Lissy war jetzt bald öfter in Meerbusch als in der Düsselstraße. An einem Tag fasste ich Mut und fragte sie: „Was zieht dich zu ihm hin?"

Sie sagte: „Er versteht mich besser!"

Dieser Typ, der als Student schon mit mir gesprochen hatte wie ein emeritierter Professor, sollte sie besser verstehen als ich? Erinnerte sie sich nicht mehr daran, wie oft ich sie vor Unheil bewahrt hatte? – Sie warf mir vor, dass ich nicht genügend um sie kämpfe. Was war eigentlich Männlichkeit? – Sollte ich mit der Axt in der Hand dazwischen gehen? Odysseus, ja, der hatte es richtig gemacht, als er die Freier, die sich in seiner Abwesenheit um seine Frau bewarben, tötete. Lissy musste durchgeknallt sein. – Ich versuchte, mit Björn Nielsson zu sprechen. Aber Lissy bekam Wind von meinem Vorhaben und redete es ihm aus. Ich fuhr trotzdem nach Meerbusch. Aber als ich Lissys kleinen Fiat vor dem Haus stehen sah, fuhr ich wieder zurück. Es tat mir doch leid um meine Frau, an die mich so viel geknüpft hatte. Das schicksalhafte Gegeneinander der Menschen hatte gesiegt.

Christine Sahl griff mich in letzter Zeit immer wieder an, wenn ich kurz bei ihr vorbeischaute. „Wie kommst du überhaupt nach Düsseldorf? – Deine Eltern sind doch gar keine Rheinländer!" – Meine Eltern hatten ostpreußische Wurzeln. Ostpreußen! Das war tausend Kilometer östlich von hier. Und ich hatte wohl doch etwas Östliches mitbekommen, obwohl meine Eltern Ostpreußen gar nicht so lange erlebt hatten. Christines Mutter war Juraprofessorin gewesen und mein Vater Geschäftsführer bei Raiffeisen. Zu mir nach Hause hätte ich sie nicht mitbringen können. Einmal versuchte ich noch, mit ihr ins Bett zu gehen, aber sie sagte: „Es ist ausgelebt!"

„Du redest wie ein Teenager", sagte ich.

„Aber ich habe Recht!"

Lissy war bei Björn Nielsson so gut wie eingezogen. Ich fragte Lissy, ob sie damit einverstanden sei, die Fünfzimmerwohnung zu verkaufen. Es war ihr recht. Die Immobilienpreise waren ja zurzeit ungeheuer hoch. Lissy hatte schon vor längerer Zeit geäußert, dass sie zu Björn Nielsson ziehen wollte. Und so mietete ich mir eine Wohnung in Düsseldorf-Hamm. Hamm hatte etwas von Margendorf, dem Vorort von Alt-Muhl, wo ich großgeworden war. Hamm war wie Margendorf eine Insel, die im Rheinbogen südlich der Innenstadt im Stadtbezirk drei lag. Es gefiel mir hier besser als in Bilk, weil auch der Rhein so nah war. In Hamm hätte ich schon damals, während des Studiums, gerne gewohnt. Die Wohnung lag im Parterre und hatte einen Garten, wo ich zunächst erstmal den Rasen mähen musste. Ich kaufte ein, kochte und bügelte. Für mich allein. Alles Nötige tat ich selbst. Wenn ich ein Kind gehabt hätte, für das ich hätte sorgen können! – Ich lebte, wie von der Welt vergessen. Lissy war mehr als eine Aufgabe gewesen. Die Zeit mit ihr war kein Traum und auch kein Rausch gewesen. Vielleicht gab es ja ein Wiederfinden.

Jens Korbus, 1943 in Ostpreußen geboren. Studium der Germanistik und Philosophie. Mitarbeit an der Uni Düsseldorf und am Heine-Institut. Gymnasiallehrer. Fachinger Kulturpreis für seinen „Brief an Goethe". Zahlreiche literarische Veröffentlichungen.

Jens Korbus
Imhoffs Traum
Books on Demand
2015
ISBN: 978-3739216720
120 Seiten
Preis 7,99 EUR

Carl Adam Christoph von Imhoff (1734-1788) war ein Miniaturmaler, der 1769 mit seiner schönen jungen Frau nach Indien segelte, um dort zu Geld zu kommen. Seine Frau blieb in Übersee bei dem bengalischen Gouverneur Warren Hastings, und er kehrte mit märchenhaftem Reichtum und zwei dunkelhäutigen Dienern als eine Art Nabob nach Deutschland zurück. Jens Korbus verbindet in seinem 11. Buch die Abenteuer von Imhoffs Indienreise mit dem Schicksal eines älteren Mannes, der seine verschwundene junge Freundin sucht. Ein Roman über die Rückkehr der Vergangenheit, zwei Frauen und die Macht der Erinnerung.

Jens Korbus
Charlotte
Books on Demand
2015
ISBN: 978-3738649390
48 Seiten
Preis 4,99 EUR

Goethe hat über seine Beziehung zu Charlotte von Stein
zeit seines Lebens hartnäckig geschwiegen. In diesem fik-
tiven Gespräch mit Eckermann am 25.3.1825 spricht er
zum ersten Mal darüber. – Dann kommt es zu einer Begegnung zwischen dem fünfundsiebzigjährigen Goethe
und seiner dreiundachtzigjährigen Freundin.